COMBATTRE POUR LEUR PARTENAIRE

PROGRAMME DES ÉPOUSES INTERSTELLAIRES®, TOME 12

GRACE GOODWIN

Combattre pour leur partenaire

Copyright © 2019 by Grace Goodwin

Tous Droits Réservés. Aucune partie de ce livre ne peut être reproduite ou transmise sous quelque forme ou par quelque moyen que ce soit, électronique ou mécanique, y compris photocopie, enregistrement, tout autre système de stockage et de récupération de données sans permission écrite expresse de l'auteur.

Publié par Grace Goodwin as KSA Publishing Consultants, Inc.
Goodwin, Grace

Combattre pour leur partenaire

Dessin de couverture 2020 par KSA Publishing Consultants, Inc.
Images/Photo Credit: Deposit Photos: sdecoret, ALotOfPeople

Note de l'éditeur :
Ce livre s'adresse à un *public adulte*. Les fessées et toutes autres activités sexuelles citées dans cet ouvrage relèvent de la fiction et sont destinées à un public adulte. Elles ne sont ni cautionnées ni encouragées par l'auteur ou l'éditeur.

BULLETIN FRANÇAISE

REJOIGNEZ MA LISTE DE CONTACTS POUR ÊTRE DANS LES PREMIERS A CONNAÎTRE LES NOUVELLES SORTIES, OBTENIR DES TARIFS PREFERENTIELS ET DES EXTRAITS

Cliquez ici

1

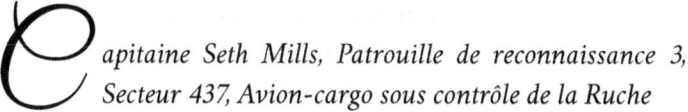

Ma patrouille fit irruption dans les étroits couloirs du petit avion-cargo et installa des explosifs. L'air était saturé de fumée. La Ruche avait pris le contrôle du vaisseau il y avait dix-huit heures, laps de temps bien trop long eu égard aux normes en vigueur au sein de la Coalition. J'allais devoir envoyer mon équipe sauver les guerriers prillons bloqués en salle machine et faire exploser ce putain de vaisseau en mille morceaux afin que la Ruche n'ait pas la moindre chance de le retrouver.

« Je crois qu'c'est foutu, capitaine. » Jack Watts était un ancien marine à l'accent du sud bien trempé, originaire d'Atlanta. Nous n'avions rien en commun, hormis le fait qu'on était des Terriens. Je servais dans l'Armée, matricule six-quatre-deux-vingt et ne supportais pas les conneries. C'était l'une des raisons pour lesquelles le Commandant

Karter m'avait donné le commandement de cette unité. Jack, mon second, était un marine de cinq ans son cadet, son regard brillait d'excitation dès qu'on partait en mission.

Il est vrai que lui n'avait pas perdu deux frères au combat contre ces enculés de la Ruche.

« Ta gueule Watts, pose les explosifs. Tu connais la règle, » grommelai-je.

Il plaça une charge contre le mur et l'activa. « Je sais, c'est quand même dommage de faire exploser nos vaisseaux parce que la Ruche squatte depuis des heures. C'est notre vaisseau, putain de merde.

– Non, plus maintenant. » Trois heures s'étaient écoulées depuis la date annoncée par la patrouille de reconnaissance. Les membres de la Ruche présents à bord du vaisseau devaient être éliminés sous trois heures, sous peine de tout contaminer. Servir au sein de la Flotte de la Coalition était extrêmement dangereux. Nous avancions baissés dans le couloir enfumé, avec deux éclaireurs. Le reste de la troupe suivait, vérifiait les charges et veillait sur nous.

« Eh les humains, arrêtez de papoter et magnez-vous le cul. On est dans la merde. » La voix d'un guerrier prillon de la Coalition que je connaissais bien résonna dans mon casque, ainsi que les cris des guerriers, les pistolets laser qui crépitaient et *n'allez pas dehors.*

J'accélérais l'allure. « Dorian. C'est Mills. Qu'est-ce qui se passe ?

– La Ruche a pulvérisé la porte. On la tient mais ils ont déjà décimé la moitié de nos gars, on tiendra pas longtemps.

– Combien ? » je me mis à courir. Mon équipe suivait

en file indienne devant la voix grave du pilote. Dorian Kanakor était un gros enfoiré blond mais aussi l'un des meilleures pilotes du secteur. On aurait dit trois énormes lions lorsqu'il pénétrait dans une pièce avec son frère et son cousin, tous issus du bataillon Karter. Cheveux blonds, bronzés, yeux couleur de miel, Xanthe, le frère aîné de Dorian, avait toujours l'air maussade.

« Une bonne douzaine, si ce n'est plus mais il nous en reste au moins six, les autres sont partis en salle de commandes. » Ils essaieront de modifier la trajectoire du vaisseau et inoculer le virus de la Ruche dans le système du vaisseau.

« Putain. » C'était Jack, je n'allais pas le lui reprocher, je ressentais exactement la même chose.

« Des soldats ou des éclaireurs ?

– Des soldats et... » sa pause me rendait nerveux, la sueur me contraignait à cligner des yeux.

« Et ?

– Un Atlan, ou du moins ce qu'il en reste. »

Putain c'était pas possible, mon escadron se figea une fraction de seconde. S'il disait vrai, on était morts. « En version bête ?

– Pas encore.

– Reçu cinq sur cinq. » J'ignorais si ce terme cent pour cent terrien passerait au niveau de la traduction mais je m'en tapais complet et me tournais vers mes gars. « Compte à rebours. Dix minutes. »

Personne ne pipa mot. On faisait corps avec l'équipe prillon. Ou pas. Bref. La Ruche détenait une bête atlan ? Elle devait mourir. Ce vaisseau et tous ses occupants seraient anéantis.

Je regardai mes gars et la seule femme de mon équipe

dans les yeux. Je les comptais un par un, quémandant leur accord. Le compte à rebours commencerait dès que j'appuierai sur mon détonateur—le seul activant l'ensemble des charges.

Je fermai les yeux, inspirai profondément, les rouvris, sélectionnai du regard la commande adéquate sur l'affichage de mon viseur. J'activai le compte à rebours en tapant sur mon poignet, les nombres s'affichèrent en rouge sur le bipeur de mes gars. Un compte à rebours.

« Vérifiez vos armes. Chargez-les ras la gueule. J'en n'ai rien à foutre qu'on fasse exploser ce putain de vaisseau. La Ruche ne s'en sortira pas vivante. » J'aboyai mes ordres et partis en courant affronter nos ennemis, tout en expliquant mon plan à mes hommes. « Je couvre la zone en bas à gauche avec Jack. Je veux deux hommes à droite. Je balancerai la grenade et on ouvrira le feu en reculant. Vous resterez à couvert jusqu'à ce qu'on les attire dans le couloir. On va les éloigner de l'équipe prillon et les piéger au fond du couloir. »

Jack n'était pas à la fête. « Et s'il passe en mode bestial ? »

Jack connaissait déjà la réponse mais l'équipe devait avoir confirmation. « On s'occupera de l'Atlan jusqu'à ce que ça pète. Quoiqu'il arrive, personne ne nous passera sur le corps. C'est clair ? » Ce serait la première fois qu'on utiliserait le PGF ou « prototype de grenade à fragmentation ». Le Service des renseignements de la Coalition avait fait main basse sur la technologie de la Ruche, technologie que mon amie Meghan avait arraché du crâne d'un monstre bleu dans une grotte lors d'une bataille sur Latiri 4. Je n'en savais pas plus et elle n'avait pas le droit de divulguer quoi que ce soit mais j'étais prête à tout pour que mes soldats sortent vivants de ce vaisseau.

« Archi clair. » Cette voix sensuelle était celle de Trinity, la seule femme de mon équipe, une anglaise hyper volontaire originaire de Londres. Elle était parmi nous depuis deux mois et je ne savais rien d'elle. Les histoires des gens ne m'intéressaient plus. J'avais perdu tant de soldats à cause de cette maudite Ruche, que connaître leur vie en détails rendait leur disparition encore plus douloureuse. J'avais perdu au moins un tiers de ma troupe au cours des derniers mois.

Nous savions tous que les chances de rentrer vivants frisaient le zéro. Je me demandais comment j'avais réussi à survivre aussi longtemps. Les autres patrouilles de reconnaissance m'avaient surnommé Nine, comme les neuf vies du chat. Je savais pourquoi, la faute à la chance. Lorsque la Ruche m'avait capturé la première fois, ma sœur Sarah et sa bête m'avaient tiré des griffes de l'enfer. J'étais désormais plus prudent, plus pointilleux dans mon organisation. Tout le monde s'en sortait toujours indemne, on me prêtait des vertus porte-bonheur, ils voulaient tous intégrer la patrouille de reconnaissance numéro 3.

« Vous n'avez plus le temps, Mills, » éructa le Capitaine Dorian, son rugissement grave retentit avec une telle force dans le couloir que les vibrations résonnèrent dans ma poitrine comme un coup de tonnerre.

« Putain de merde, » lança Trinity. L'Atlan s'était transformé en bête, une bête-cyborg contrôlée par la Ruche.

« Gardez votre sang-froid les gars. On va le dégommer avec nos pistolets laser. Tous les dégommer.

– On va tous crever, répondit Trinity.

– Ouais t'as raison Trin, on va tous crever un jour ou l'autre alors ferme ta gueule et fais ton boulot, lança Jack, mon second, son ordre n'admettait aucune réplique. A moins que tu préfères que cette bête s'empare du Karter et anéantisse notre putain de monde. »

Le Karter comptait dix vaisseaux militaires et civils qui régnaient sur ce secteur de l'espace, au plus près de l'avant-poste de la Ruche. Plus de cinq mille guerriers, des civils avec femmes et enfants vivaient sous la protection du Commandant Karter. Nous étions au service du Karter. « Ces enculés n'auront pas le Karter. » Ce terme englobait le cuirassé sur lequel nous étions postés, et valait pour le groupe en tant que tel. Ma voix, réduite à un grognement, calma tout le monde.

Second rugissement.

A trente pas derrière nous, voire moins.

J'ordonnai au gros de ma troupe de rester en arrière et courus avec Jack et deux autres gars sur ma droite, grenade à fragmentation à la main gauche, pistolet laser dans la droite.

« Baissez-vous, hurlai-je en posant un genou à terre et en balançant la grenade à fragmentation. Ça va péter ! »

J'entendis les guerriers prillons crier et se mettre à couvert. La Ruche… j'ignorais ce que fabriquait la Ruche, mes hommes étaient baissés, les mains sur les oreilles. Mais aucune explosion ne retentit.

« Un. Deux. Trois, » comptait Jack tandis que nous attendions.

Rien.

« On peut officiellement annoncer aux Renseignements que c'était un magnifique coup d'épée dans l'eau, » l'accent britannique très pète-sec de Trinity était la cerise sur le gâteau.

Je me retournai avec mon arme et regardai autour de moi. Les gars de la Ruche étaient pliés en deux, leurs visages figés dans des cris silencieux, les mains sur les oreilles. Deux vomissaient, plusieurs titubaient et se rentraient dedans, ils étaient désorientés, perdus. La grenade à fragmentation marchait... sur les mecs de la Ruche.

La bête, elle, n'était pas touchée. Elle se tenait bien droite, les poings serrés et me dévisageait méchamment. Elle tremblait mais ne réagissait pas comme le restant de la Ruche. J'ignorais comment fonctionnait la grenade à fragmentation et je n'avais pas vraiment le temps de me pencher sur la question. Elle était apparemment conçue pour décimer ces saloperies de cyborgs, mais n'avait pas réussi à atteindre l'Atlan sommeillant en lui.

Jack surgit derrière moi et hurla « Foncez dans le tas, exécution, parés à tirer, tuez-les tous. »

Le reste du groupe s'engouffra dans le couloir, ils étaient faits comme des rats. La bête fut touchée à l'épaule, la jambe, la hanche. Les soldats de la Ruche, d'anciens guerriers prillons métamorphosés en esclaves malveillants après avoir séjourné dans les fameuses Unités d'Intégration de la Ruche, n'opposaient aucune résistance. Tuer un Atlan en mode bestial était bien plus compliqué mais je n'en avais jamais vu un encaisser autant d'impacts sans fléchir. Bordel, on aurait dit qu'on lui tirait dessus aux balles de paint-ball.

Je ne voulais pas tuer la bête, je savais pertinemment que s'il avait encore toute sa tête, il préférerait mourir qu'être dans cet état. J'étais un ancien prisonnier de la

Ruche, j'avais failli devenir un clone lobotomisé. La réalité était terrifiante. Je combattais depuis assez longtemps auprès d'autres races extraterrestres pour savoir ce qu'éprouvait leurs guerriers.

Mon beau-frère, le seigneur de guerre atlan Dax, l'avait évoqué à plusieurs occasions. Personne ne voulait finir aux mains de la Ruche et subir un lavage de cerveau grâce à leur foutue technologie.

C'était encore pire que la mort. Et ce pauvre Atlan ? Mieux valait qu'il meure.

« Tuez-les tous. Trinity, avec moi, occupe-toi de la bête, bute-la. »

Les soldats de la Ruche tombaient comme des mouches, trois ou quatre balles suffisaient, ils étaient figés, paralysés par cette nouvelle arme expérimentale produisant un vrombissement étrangement strident, identique à celui des lignes à haute tension. Mon équipe décimait sans merci les Prillons dans l'autre pièce. Ces soldats étaient jadis des guerriers prillons, trions, ou humains. J'ignorais d'où ils venaient, bordel. Certains étaient tellement bizarres qu'ils devaient venir de l'autre côté de la galaxie, d'un univers dont j'ignorais l'existence.

Nous savions tous qu'il valait mieux mourir que finir aux mains de la Ruche. Non seulement nous mènerions une existence infernale, mais nous serions métamorphosés en machines à tuer, en tueurs de la Coalition, ceux avec lesquels on combattait avant que la Ruche ne prenne le dessus.

Une bête sans cervelle était capable de détruire des vaisseaux entiers. Ils ne construisaient pas de cellules de confinement sur leur planète sans raison. Les bêtes restées célibataires à un certain âge étaient automatiquement exécutées. C'était des tueurs-nés.

Je tirai sur la bête en pleine poitrine et l'atteignis en plein cœur. Elle vacilla à peine.

« Dieu du ciel mais qu'est-ce qu'ils lui ont fait ? » Jack arriva sur ma gauche, Trinity sur ma droite, on tira sur la bête pile au moment où elle tendit les mains et retira son casque. Son visage luisait d'un éclat argenté, on voyait encore de la peau çà et là. Ses yeux étaient sombres, sans la moindre trace argentée.

Je visais sa tête et croisais son regard désespéré et lucide. Il déposa son casque à terre, resta les bras ballants, attendant que je le tue. C'était quoi ce bordel ?

J'hésitai.

« Tue-moi, Mills. » Sa voix grave n'était qu'un grondement sourd exempt de peur. C'était une supplique. Comment diable cet Atlan connaissait mon nom ?

« Vas-y. Je suis le seigneur de guerre Anghar. Tue-moi.

– Merde. Angh ? » J'étais pétrifié. C'était le commandant et meilleur pote du seigneur de guerre Nyko. J'avais servi sous ces ordres pendant deux ans, j'ignorais qu'il avait été capturé par la Ruche. Putain. Merde. « Cessez le feu bordel. »

La douleur et le choc se lisaient dans les yeux de Trinity. Jack me regardait comme si j'avais perdu la tête.

« Tu sais très bien qu'il va crever à la fin du signal, ricana Jack en le tenant en joue.

– Je sais, mais pour le moment, il est là.

– Ne t'avise pas de le tuer, Jack. » Trinity baissa son arme et tua un soldat de la Ruche qui se tenait derrière la bête. On les avait presque tous dégommés.

La bête me fixait du regard, je ne baissai pas les yeux,

réfléchissant à des solutions. Il devait exister un moyen de le sauver. Il était hors de question que j'abandonne Angh après son séjour dans les unités d'intégration de la Ruche. Il méritait mieux, il méritait de vivre.

Le signal de la grenade à fragmentation faiblit, les soldats de la Ruche restants reprirent leurs esprits.

Il n'en restait que deux. On allait s'en débarrasser vite fait, exception faite de la bête.

Il poussa un rugissement et s'enfuit en courant, arrachant au passage ce qui restait des portes et se réfugia dans la pièce où se trouvait retenue la patrouille prillon.

« Surveillez-les, récupérez la grenade à fragmentation et assurez-vous que les autres sont bien morts, » ordonnais-je en le suivant. Le seigneur de guerre Anghar. Dieu du ciel. Quel merdier.

Nos camarades Prillons n'avaient pas perdu de temps. Ils avaient installé des barrières et de quoi se défendre dans la pièce mais rien n'arrêterait la bête.

« C'était moins une, Mills, » hurla le Capitaine Dorian, embusqué derrière une table renversée sur ma droite, il menaçait de tirer sur la bête.

La bête gronda et avança sans réfléchir, balançant ses énormes poings semblables à des boules de démolition. C'était déjà beaucoup, vu l'état dans lequel il était. Angh avait perdu toute trace de lucidité. C'était un clone. Un serviteur de la Ruche.

Je savais que le seigneur de guerre atlan sommeillait en lui. Il s'était d'ailleurs brièvement réveillé.

Tout s'était déroulé selon les plans, tout sauf ça. « Ne tirez pas. » Je tendai la main et donnai cet ordre tandis que le reste de la patrouille de reconnaissance numéro trois investissait la pièce.

« Les autres sont morts, » annonça Jack. Je hochais la tête tandis que mon équipe de Prillons embusqués mettait la bête en joue à l'aide de leurs armes laser.

« Cessez le feu, ordonnais-je, histoire d'être clair.

– Putain mais qu'est-ce-que tu branles, Mills ? aboya Dorian tandis que la bête fonçait sur lui.

– Fais-moi confiance. Occupe-toi de lui sans faire de conneries. Nos armes ne servent à rien. Contente-toi d'attirer son attention. Ça me laissera du temps.

– T'es complètement dingue Mills, » lança le grand guerrier prillon. Il hocha la tête et tira sur la bête enragée, en faisant bien attention de viser ses épaules et ses cuisses. Dorian ne s'était pas aperçu qu'il s'agissait du Seigneur de guerre Anghar. Le visage de la bête était quasiment méconnaissable. Je connaissais Angh grâce à Dax et Sarah. Le Prillon n'avait probablement jamais rencontré cet Atlan. Les équipes de combattants se mélangeaient rarement sur le champ de bataille.

3Je sais pas ce que tu comptes faire mais fais-le vite, » cria Dorian sans cesser de tirer. La bête était touchée, de la vapeur s'éleva de son épaule mais il continuait d'avancer. La technologie de la Ruche avait changé la bête en un monstre plus puissant qu'aucune autre créature.

« Trinity, prépare les tranquillisants.

– Combien ?

– Tous, je veux endormir Angh et le ramener. S'il ne s'endort pas, tu l'embarques.

– Tu plaisantes, » grommela Jack, mais Trinity cherchait déjà les tranquillisants dans son paquetage tandis que la Jack la couvrait.

Je reculais et pris les seringues au moment où la bête fonçait droit sur Dorian. Il se mis à l'étrangler, souleva du sol ce guerrier Prillon de deux mètres dix comme un fétu de paille et l'envoya valdinguer contre le mur.

Dorian tomba par terre et s'accroupit instantanément, il saignait de la tête, son regard luisait d'un éclat vengeur. Il poussa un cri de bataille muet, en signe de défi pour attirer l'attention de la bête tandis que j'avançais vers lui.

La distraction produisit l'effet escompté, la bête recula afin de terminer ce qu'elle avait commencé.

Je lançais mon arme par terre et me débarrassais de mon attirail. J'avais besoin de filer vite fait sans m'encombrer d'un poids supplémentaire. J'ignorai les jurons de Jack et vérifiai que mes seringues étaient correctement positionnées dans ma main.

« Maintenant ! » L'ordre de Dorian résonna tel un coup de tonnerre, je courus tandis qu'il maintenait la bête, usant de ses forces pour empêcher Angh de bouger pendant de précieuses secondes, le temps que je passe à l'attaque.

Je m'élançais en silence, bondis sur le dos de la bête et enfonçais les seringues dans le cou du seigneur de guerre.

La bête poussa un rugissement, m'attrapa par mon armure et me jeta sur le mur sur lequel avait atterri Dorian. Je m'effondrai comme une merde et luttai pour me redresser, ma tête tournait, une douleur atroce me vrillait le crâne. Le goût métallique du sang emplit ma bouche mais je n'en fis pas cas, Trinity ouvrit le feu afin que la bête s'éloigne, elle tirait sur ses jambes.

« Cessez le feu ! » je hurlai mais mon ordre se mua en croassement. Inutile de m'inquiéter. La bête vacilla sur ses pieds, luttant contre les effets du sédatif, je lui avais injecté une dose de cheval. Aucun Atlan n'aurait pu résister.

Jack tira une fois, deux fois. Comme Trinity, il visait les implants de la Ruche situés sur les jambes et les épaules de la bête, jusqu'à ce qu'elle tombe, inconsciente.

Trinity retira son casque, un éclat passa dans ses yeux tandis qu'elle contemplait l'Atlan à terre. « Pourquoi t'as fait ça Seth ? Pourquoi l'avoir sauvé ?

– Parce que c'est mon ami. » L'un des seuls encore en vie, si on peut encore s'estimer vivant avec des implants de la Ruche. Il méritait sa chance. Les médecins pourraient retirer cette foutue technologie et l'envoyer vivre sur la Colonie. Il ne combattrait plus jamais mais au moins, il vivrait.

Je savais au fond de moi qu'il me détesterait mais j'avais vu la mort de trop près. Il devait s'en sortir, se marier, comme ma sœur Sarah m'avait poussé à le faire l'année dernière. Dans un moment de faiblesse, après avoir abusé de whisky et à l'évocation de notre Terre bien-aimée, je l'avais laissée me conduire au centre de recrutement, en guise de cadeau de Noel. Elle était raide dingue de Dax, son seigneur de guerre, je n'avais pas pu refuser. Elle avait risqué sa vie pour sauver la mienne, il était hors de question que je refuse.

Le test ? Ah pour ça oui, une belle erreur. Primo, ça faisait déjà un an que j'avais pris place dans ce foutu fauteuil et toujours personne en vue. Secundo, je doutais d'être encore en vie à la fin de ma mission et trouver chaussure à mon pied. Et si je trouvais la femme de ma vie avant la fin de mon service, j'avais pas envie de la voir finir en veuve éplorée ou enceinte. Hors de question. Si je me mariais ce serait tout ou rien, c'était impossible. Ce serait trop cruel, faudrait être sacrément égoïste.

Sarah ne pouvait pas comprendre. Sa vie état

totalement différente. Le seigneur de guerre Dax avait pris sa retraite après leur mariage et était retourné à la vie civile sur Atlan. Ils vivaient à l'aise dans une immense maison avec des domestiques, il avait été grassement récompensé pour ses bons et loyaux services au sein de la Flotte de la Coalition. Ils donnaient des dîners et s'amusaient avec leurs filles. Je ne serai jamais en mesure d'offrir une vie pareille à une femme.

Dorian s'accroupit à côté de moi, je croisais son regard. « T'es vraiment un enfoiré, Mills. »

Je ne pus m'empêcher de sourire. C'était pas la première fois que Dorian me sortait ça et ce serait pas la dernière.

« Merci de m'avoir sauvé la vie, ainsi que celle de mon équipe. Combien de temps avant l'explosion ? » demanda Dorian en s'essuyant le front.

Je regardais le compte à rebours dans le viseur de mon casque. « Deux minutes. »

Il me rendit mon sourire. « On a largement le temps. »

On se précipita vers la navette d'évacuation d'urgence, six guerriers prillons portaient l'Atlan inconscient. Les sas de téléportation grouilleraient de soldats de la Ruche, on n'avait pas le temps de lancer un deuxième assaut.

Dorian s'installa dans le fauteuil du pilote, je pris place derrière lui tandis que Trinity s'assit à sa droite. Elle savait piloter, ce qui n'était pas mon cas.

Ils passèrent les commandes en revue en quelques secondes, mes genoux se dérobèrent lorsque la navette s'arracha de l'avion-cargo, ceux n'étant pas attachés perdirent l'équilibre.

« Ok ? demanda Dorian.

– Ok, » confirma Trinity, ses mains voletaient sur le

pupitre de commandes, question d'habitude. J'étais trop fatigué pour essayer de suivre ses gestes. La navette fit une embardée sous l'effet du souffle de l'explosion de l'avion-cargo, m'envoyant valdinguer contre le pupitre situé derrière Dorian.

Des alarmes retentirent du panneau situé sur la gauche, Dorian tendit une main rageuse. « Pas touche, Mills.

– Ta gueule et pilote, » grommelais-je.

Il haussa les épaules, Trinity se détendit, la tension ambiante se relâchait au fur et à mesure que nous nous éloignions de l'épave de l'avion-cargo tombé aux mains de la Ruche.

Nous étions de nouveau en sécurité dans l'espace, dans la zone de protection défendue par les patrouilles du bataillon Karter. Trinity établit le contact.

« ReCon 3 pour Karter.

– Cuirassé Karter. Au rapport ReCon 3. »

Trinity regarda Dorian, qui soupira. « On a perdu huit membres d'équipage et le chargement de l'avion-cargo.

– Y'a que sept survivants ? » Elle avait raison et le savait. Putain, c'était déjà une chance que sept membres aient survécu.

Dorian acquiesça, elle relaya l'information au poste de commande du Cuirassé Karter. Le Commandant Karter s'était sans aucun doute posté derrière l'officier afin d'écouter la communication.

« Ici le Commandant Karter. »

Je levai les yeux au ciel, bon sang il m'écoutait.

« J'aimerais savoir comment va le Capitaine Seth Mills. »

Trinity me regarda l'air choqué, c'était la première fois

que Karter prenait des nouvelles d'un membre de l'équipe en particulier. Je me penchais, elle me fit signe de parler. « Tout va bien, Commandant.

– Excellent. » On entendit comme une bruissement et le Commandant Karter parla de nouveau, tranquillement, comme s'il s'adressait à quelqu'un d'autre. « Contactez la Terre et dites-leur d'amorcer le transport.

– La Terre ?

– Votre épouse arrive d'ici quelques heures Capitaine. Félicitations. » Le Commandant avait l'air content. J'avais l'impression qu'un poids et une menace pesaient sur ma poitrine. Oh merde. Comme si affronter un Atlan embrigadé par la Ruche ne suffisait pas.

Une Epouse Interstellaire.

Une Terrienne.

« J'en veux pas, » lança-t-il.

Dorian se retourna dans son fauteuil, retira son casque, ses yeux couleur de miel écarquillés sous le choc. « Mais putain qu'est-ce qui te prends Mills ? Une épouse est une récompense inespérée.

– Pas pour moi. » Je regardais le pupitre de commande comme si je pouvais ordonner au Commandant de m'obéir. « Renvoyez-la Commandant. Je ne peux pas accepter.

– Vous n'avez pas votre mot à dire, Capitaine. » La voix du commandant était sévère, toute légèreté ayant disparu face à ma réponse. Tout autre guerrier prillon aurait accepté avec joie. « Vous avez passé le test et on vous a attribué une épouse. Votre femme a trente jours pour accepter ou refuser cette union. Vous n'avez pas le choix. Votre sort est entre ses mains, Mills. Je vous suggère de réintégrer le Karter et de passer un examen cérébral, pont numéro trois.

— Bien Commandant » répondit Dorian avant que la communication ne coupe. Il se tourna vers Trinity. « Vous pouvez nous déposer ?

— Oui Capitaine.

— Alors allez-y. » Il se leva, me pris par le bras et m'attira hors du cockpit. « Suivez-moi Mills. »

2

*C*hloé Phan, Centre de Recrutement des Epouses Interstellaires, Miami

Des lèvres effleuraient mon ventre nu, une langue me léchait. Une chaleur torride avait envahi mes sens, je sentis sa barbe naissante tandis qu'il tournait la tête, son haleine sur ma peau moite.

Mes mains étaient attachées à son fauteuil. C'était moi, ça ? Je ne me rappelais pas m'être laissée attacher par des liens de soie. Je tirai dessus. Je ne me souvenais pas de ce mec à genoux en train de me goûter, de me sentir.

« Je sens ton désir. »

Mon odeur. Bon sang, il agrippa mes fesses à pleines mains et m'attira contre sa bouche pour …

« Oh ! » m'écriais-je. Je ne savais plus parler ? Pourquoi ? Parce qu'il était *très* doué.

« Ecarte tes jambes, je vais te bouffer la chatte. »

Un rugissement rauque, profond, mâtiné d'une intense excitation.

Contrairement aux mecs que j'avais fréquenté qui avaient besoin d'une frontale et d'une boussole pour trouver mon clitoris, il le trouva d'un coup d'un seul, lécha tout doucement mes chairs gonflées de désir, tout en haut, à gauche, je m'abandonnai au plaisir.

J'étais trempée, excitée, vide.

Il lisait peut-être dans mes pensées, il savait comment s'y prendre avec ma vulve, il glissa sa main entre mes jambes, trouva mon orifice du premier coup, s'attarda autour et introduisit deux doigts en moi.

« T'es tout étroite, » grommela-t-il.

Je plantai mes doigts dans ses cheveux et l'attirai contre moi.

« Continue. »

C'était bien moi, en train de le supplier.

Je le sentis sourire contre ma peau sensible.

« Elle aime ça. »

Effectivement. J'adorais ça mais j'ignorais pourquoi il s'adressait à moi à la troisième personne.

« Apparemment. »

J'entendais une voix derrière moi, des mains malaxaient mes seins, des mains n'appartenant pas au mec qui me broutait le minou puisque *ses* mains étaient toujours sur mes fesses.

De grosses mains tannées et velues. Je sentais leur callosité tandis qu'il soupesait mes seins.

« Oui. » Je m'arcboutais, c'était la première fois que je faisais ça avec deux mecs, et ça me plaisait. Je savais que c'était mon mec à moi, et pas un coup d'un soir, à *moi* pour toujours.

Je poussai un cri et les entendis rire.

« Ça va ? » chuchota l'homme d'une voix grave mais douce, empreinte de désir et d'un soupçon de domination. Tout comme ses caresses. Je voyais à sa façon de palper mes mamelons qu'il aimait bien maîtriser la situation, dominer dans ses moindres gestes.

Et ça marchait. Oui. Mes tétons étaient super sensibles, ce mec savait ce qu'il faisait.

Il allait me procurer un orgasme en deux temps trois mouvements. J'avais perdu la maîtrise de mon corps. Je les avais suppliés de me prendre, je leur avais dit qu'ils étaient à moi et que je les aimais.

C'était un sentiment prenant, semblable à une explosion, violent et désespéré, j'étais sous le choc.

Ça ne rimait strictement à rien, ils étaient à moi. Je ne voyais pas leurs visages. Ça fait longtemps que j'avais pas couché avec un mec …. encore moins avec deux …

« Deux valent mieux qu'un non ? » L'homme posté derrière moi posa sa main sur ma poitrine, m'immobilisant tandis que son collègue me besognait plus ardemment, introduisant un doigt dans mon anus tout en me branlant et en suçant mon clitoris, comme si c'était son jouet préféré.

J'aurais été agitée de mouvements désordonnés si l'homme derrière moi ne m'avait pas retenue. Leurs caresses étaient trop intenses. « J'en peux plus.

– Bien sûr que si. » Il pinça mon mamelon alors que j'allais jouir. J'ignorais comment il le savait, mais il s'appliquait, prenait tout son temps, insufflait son désir, son plaisir de me voir me soumettre à eux.

Comme si on était connectés.

Et l'homme entre mes cuisses ? Je ressentais ses émotions, il était déterminé à me faire hurler de plaisir, à ce que je m'arcboute.

Supplier.

Oh, mon Dieu. J'étais dans la merde, j'aurais dû paniquer mais ce corps, le corps de cette femme étrange surfait la vague du bonheur absolu, l'accueillait, était habituée à leurs préliminaires sensuels. Elle était tendue comme un arc, impossible de résister à cette envie. Elle savait que son orgasme provoquerait un véritable tsunami, qu'elle allait monter au septième ciel. Elle en avait une envie folle.

J'en avais vraiment trop envie.

C'était tout bonnement insensé, j'ignorais complètement où je me trouvais mais je me sentais en sécurité, cajolée et protégée par deux étrangers, qui connaissaient pourtant mon corps par cœur. C'était ses *maris.*

L'homme derrière moi soufflait son haleine chaude sur mon oreille, je sentais sa langue. Deux hommes.

Quatre mains. Ses paumes malaxèrent doucement mes seins opulents tandis que son collègue s'occupait de ma chatte et de mon anus d'une main, l'autre était plaquée sur mon ventre et me maintenait fermement. J'étais bloquée entre ces deux puissants guerriers. Un doigt s'enfonçait dans mon vagin, touchant une zone érogène qui me fit onduler des hanches.

Deux bouches. Je tournai la tête de côté, ses lèvres descendirent le long de mon cou, c'était torride. Sa bouche chaude et humide remplaça sa langue sur mon clitoris, me suçant comme s'il m'embrassait. Il s'occupait de moi. Cette gentillesse soudaine, ce sentiment d'être aimée m'envahit tel le plus puissant des aphrodisiaque, je me contractai d'autant plus. J'avais trop envie deux. « Oh mon dieu ! »

Deux sexes.

Je sentais son membre long et épais en érection contre mes fesses. Je sentis du sperme s'écouler de son gland, il était aussi excité que moi.

« J'ai tellement envie de toi que j'en ai mal aux couilles. »

Le mec devant moi lécha l'orifice dans lequel son doigt était enfoncé et mon clitoris de bas en haut. « Tu vas voir, ma bite est énorme. Je bande comme un taureau, je vais te défoncer la chatte. »

Je léchai mes lèvres et me contractai sur son doigt. Mais ce n'était pas suffisant, j'avais envie de sa bite, ainsi que de celle que je sentais dans mon dos. Je les voulais tous les deux. J'avais envie qu'ils me tringlent. Que ce soit inoubliable. J'avais envie d'être *dominée*. J'avais envie d'être celle qui leur procure du plaisir. Qui avale leur sperme, la femme de leurs rêves, qu'ils protégeraient pour toujours. La *leur*.

C'était un truc de fou, complètement dingue ! Je devais rêver—C'était forcément un rêve—ces hommes. Je n'avais jamais couché avec deux mecs, et encore moins avec un mec qui m'excitait autant.

J'avais déjà couché avec des mecs évidemment, je n'étais pas un modèle de vertu. Mais ce n'était qu'un échappatoire, un sas de décompression. Je subissais une grosse pression dans mon travail et j'avais parfois besoin d'autre chose qu'un simple vibromasseur.

Cette grosse bite tombait à point.

J'étais déjà tombée sur des mecs bien membrés mais ces deux-là dépassaient de loin tous les autres. Et encore, il n'y avait pas eu pénétration.

« Mais tu dois d'abord jouir.

– J'ai envie de toi, » répliquais-je, sachant très bien qu'il ne me donnerait pas ce que je voudrais. Mais qu'ils accentueraient leurs caresses, leurs tortures sensuelles. Qu'ils m'arracheraient un cri.

« Tu es notre femme, il est de notre devoir de te procurer du plaisir, c'est un honneur, » murmura l'homme derrière moi en pinçant mes tétons.

Je poussais un cri perçant, l'homme entre mes jambes grommela. « Recommence, elle dégouline carrément sur ma main.

– Encore, » le suppliais-je. Il avait cessé de lécher ma chatte pour parler.

Il pinça à nouveau mes tétons sans rien dire. Mon orgasme déferla en l'espace de quelques secondes, je poussais un hurlement. Mon corps était parcouru de soubresauts, j'ignorais où j'étais. Il m'avait complètement épuisée, je ne voyais qu'eux. Ils étaient bien réels. Torrides. Ils m'entouraient, veillaient sur moi tandis que je reprenais mes esprits.

Mon sang pulsait plus vite, j'étais en sueur, mes oreilles bourdonnaient. Des lumières dansaient devant mes yeux. Un orgasme d'anthologie.

« C'est pas terminé. » Celui qui titillait sans relâche mon clitoris recula, l'homme placé derrière moi me souleva de façon à ce que mes fesses nues reposent contre sa large poitrine musclée. Il m'attira contre lui, je me retrouvais sur ses genoux, mes cuisses douces se frottant contre sa bite en érection, ses genoux étaient suffisamment repliés pour que je sente son énorme gland dilaté se frayer un passage par derrière entre les replis sensibles de ma vulve. Je sentais son corps robuste, sa peau chaude, il était bien plus costaud que moi et pouvait très bien me faire mal s'il le voulait mais il n'en avait pas l'intention. Il voulait me baiser, me faire du bien. Mission accomplie, mais pas encore terminée.

« C'était de simples préliminaires, pour que tu mouilles, que tu sois bien prête pour nos grosses queues. »

Son gland entra d'un pouce. Bon sang il était énorme. Je me contractai, m'habituant à cette dilatation inattendue.

« Encore ? demanda-t-il.

– Encore, » soufflais-je, en ondulant des hanches, il me tenait par la taille et m'empêchait de bouger, de m'empaler sur son membre dressé alors que je mourrais d'envie de le sentir en moi, qu'il me dilate, qu'il me tringle comme un sauvage, sans retenue.

« Elle a du caractère hein ? » dit celui qui me faisait un cunni. Il se releva mais je ne voyais toujours pas son visage. Ce rêve étrange m'empêchait de voir les traits de cet homme mais ne cachait rien de sa nudité, sa large poitrine, son énorme bite qui n'avait qu'une hâte, me pilonner. Sauf que je me faisais déjà démonter par une autre bite, qui se retirait, pour mieux s'enfoncer.

Je tendis la main vers sa méga bite, enroulai mes doigts autour du gland. Je tirai sur son membre sensible afin de l'attirer tout doucement contre moi, en prenant mon temps. Je le regardais, léchais mes lèvres, le faisait attendre, le tourmentait à mon tour.

Il rit de bon cœur, caressa ma joue, ma lèvre

inférieure. « On te baisera pas tant que tu m'auras pas sucé. »

Le mec derrière moi s'immobilisa, m'empêchant de bouger, suspendue, à moitié empalée. Désespérée.

Je m'approchai de sa bite en souriant et refermai ma bouche sur son gland.

« Dieu merci. » Son grognement me tira un sourire de satisfaction tandis que mon partenaire s'enfonçait violemment dans ma chatte étroite, pendant que l'autre plaquait ses hanches contre les miennes, introduisant son sexe dans ma bouche grande ouverte.

Sa saveur explosa sur ma langue, je n'avais jamais rien vécu de tel. J'avais osé. C'était le fantasme sexuel que je n'attendais plus. Il avait un goût divin, chaud et musqué, je le suçais à fond, jouant avec ses couilles tandis que l'homme placé derrière moi me baisait, mes seins ballotaient sous la force de ses coups de rein.

Le plaisir allait crescendo, le mien, le leur. Nous eûmes un orgasme au même moment, c'était étrange, bouleversant, merveilleux, ma chatte se contractait sur l'un de mes hommes tandis que je faisais une fellation à l'autre. Nous étions connectés.

Indivisibles.

La perfection.

Des soubresauts me parcoururent, les voix des hommes s'atténuèrent. Ils me murmuraient des mots d'amour, d'admiration, de félicitations. Je m'y lovais, me roulais dedans, personne ne m'avait jamais parlé de la sorte, avec autant d'amour, d'adoration, de confiance.

J'aurais voulu que ça ne s'arrête jamais mais les voix s'atténuèrent, la pièce s'évanouit peu à peu, tel un rêve qui s'éloigne. J'essayais de m'y raccrocher mais il disparut, me laissant démunie, seule.

Dans le froid.

J'ignorais où j'étais mais il faisait un froid glacial. Mon corps, mon *vrai* corps, frissonnait sous un vêtement très fin.

Je me réveillai en sursaut et fixai le plafond blanc. Je respirais fort, comme si j'avais couru un cent mètres, j'étais en nage. Et ma chatte ? Elle me faisait mal, comme si je m'étais faite tringlée.

Par une bite imaginaire.

Je clignai des yeux et m'aperçus que j'étais dans le fauteuil du test du Centre de Recrutement des Epouses Interstellaires. Le *fameux test*. Ce n'était donc pas *vraiment* un rêve. Mais alors ? La gardienne avait dit que la Coalition disposait d'une technologie si avancée qu'elle pouvait lire dans mes pensées, savoir exactement quel était mon homme idéal. Non pas celui que je voulais, mais celui dont j'avais *besoin*.

Avais-je besoin de deux amants ? Je ne m'étais jamais posée la question auparavant. Mais bon sang c'était torride, sexy, trooop sexy.

Ma mère devait à nouveau se retourner dans sa tombe. J'avais eu la même pensée lorsque je m'étais engagée dans le Service des Renseignements de la Flotte de la Coalition il y a cinq ans.

La gardienne Egara fit le tour de la table et se planta devant moi avec sa tablette. Mon réveil brusque n'eut pas l'air de la surprendre, ni mon état d'ailleurs. J'étais transpirée, la chatte gonflée et béante—enfin, ça, elle ne le voyait pas. Je haletais. J'espérais toujours être dans l'espace, et non pas sanglée dans un fauteuil de dentiste avec une blouse d'hôpital, dans une stupide salle d'examen ressemblant à un labo expérimental.

« Que s'est-il passé ? Je me suis endormie ? J'ai rêvé ? » demandai-je en me léchant les lèvres.

J'avais la bouche sèche à force de crier, j'avais crié ? Ou est-ce que j'avais crié dans mon rêve alors que cette femme sévère et sérieuse au possible me surveillait ? Je rougis violemment devant pareille éventualité.

« Oui. La technologie nous permet de pénétrer vos désirs les plus profonds afin de découvrir l'homme idéal parmi les guerriers potentiels. »

Mes désirs les plus profonds étaient en adéquation avec ceux de ces hommes ? C'était pas possible. Evidemment j'avais toujours rêvé d'une partie à trois, comme n'importe quelle femme. Prise en sandwich entre deux mecs canons ? L'idée m'avait bien effleurée mais j'avais déjà du mal avec un petit ami, alors deux ! Si c'était comme dans le rêve, alors là oui.

« J'ai lu votre dossier pendant que vous effectuiez le test. » Elle parlait d'un ton sec, professionnel. C'était une Terrienne travaillant pour la Coalition, du moins dans la branche des Epouses. Elle portait l'uniforme de couleur rouille tout simple.

« Quatre ans dans la Flotte de la Coalition. Impressionnant. » Elle s'appuya contre la table située au milieu de l'étroite pièce. « Je présume que mon impression aurait été d'autant plus favorable si j'avais pu avoir accès à l'intégralité de votre dossier.

– Je suis désolée, je ne vois pas de quoi vous parlez. » J'avais débité une réponse toute faite, j'étais tenue au secret, je n'avais le droit d'en parler à personne.

Je devais retourner dans l'espace, j'étouffais ici, avec ce

boulot routinier, cet appartement terne, les factures, des émissions de télé merdiques, à côtoyer des gens avec lesquels je n'avais rien en commun. La Terre ? Je ne m'y sentais plus chez moi. Je voulais retourner dans l'espace et le seul moyen était de m'engager en tant qu'Epouse Interstellaire.

3

Capitaine Dorian Kanakor, Guerrier Prillon, Navette de la Patrouille de Reconnaissance de la Coalition

J'ATTRAPAIS le poignet du Capitaine Seth Mills dans ma colère mais comme il fallait s'y attendre de la part d'un guerrier, il se dégagea et recula afin de m'affronter. Cet humain aux étranges yeux bleus aussi grand et costaud que moi me regardait d'un air de défi.

De peine.

Je compatissais.

« C'est quoi c'bordel, Dorian ? » hurla Seth. Sa voix interpella le petit groupe de guerriers rassemblés autour de nous. On était en nage, tout sales après des heures de combat acharné dans l'avion-cargo mais le silence retomba dans la pièce. Mes hommes et ses éclaireurs attendaient de voir la suite des évènements.

Le Commandant nous contactait rarement

personnellement. C'était pas tous les jours que l'un de nous se mariait.

« Je dois te parler, Mills. Seuls. » Je me fis violence pour parler calmement, sachant que toute rébellion ne me vaudrait rien de bon, j'avais besoin de garder les idées claires pour me faire à l'idée de ce qui m'attendait après l'annonce de la nouvelle par le Commandant.

Il m'observa durant quelques secondes et se tourna vers Trinity, la co-pilote, une terrienne qui n'avait pas sa langue dans sa poche. « Ramenez-nous à bord du Karter. » Il se tourna, croisa le regard de son second, un immense guerrier humain que je respectais. « Jack, tu prends les commandes. »

Je n'attendais pas leur aval et mes hommes n'avaient pas besoin de recevoir

d'ordres. Il était tout naturel qu'il prenne l'escadron sous ses ordres. Ils me virent partir, l'air perplexe, en direction d'une petite salle dans laquelle on rangeait les équipements à l'arrière du vaisseau. Ce vaisseau de secours n'était pas fait pour transporter un grand nombre de personnes. On était au maximum de sa capacité avec les hommes de ReCon 3 plus les survivants de mon équipe. Seth me suivit dans la petite pièce. Je m'assis sur une caisse contenant des fournitures médicales de première urgence. Il s'assit en face de moi, la porte se referma, nous étions seuls.

Il me regarda, m'observa et attendit en silence. Il patientait. Je n'avais pas d'autres choix que parler le premier.

« Mon cousin, Orlinthe, a été tué au combat il y a quelques mois de cela.

– Je m'en souviens, » répondit Seth. Et évidemment

qu'il s'en souvenait, il s'était bourré la gueule plus d'une fois en trois ans à bord du Karter. Lorsqu'Orlinthe était mort en combattant contre la Ruche, l'équipe de ReCon 3 avait répondu présent, elle m'avait soutenue moi et mes camarades guerriers Prillons. Le whisky terrien m'avez aidé à surmonter et noyer mon chagrin, ou du moins, à me brûler la gorge.

« J'étais son second. Je n'ai jamais subi les tests pour avoir une partenaire rien qu'à moi. »

Seth s'immobilisa alors qu'il essuyait son visage du revers de la manche de son armure. C'était peine perdue puisque tout ce qu'il allait faire était d'en mettre de partout, sans me quitter des yeux. « Et alors ? Va au dispensaire, passe le test.

– J'ai pas envie. »

Il me regarda en soupirant. « Dieu du ciel, Dorian. Vous comprenez vraiment rien vous les extraterrestres. Pourquoi on parle de ça ? » Seth était perplexe, sa bouche crispée et sa façon de taper du pied était la preuve de son impatience croissante. Il ne bougea pas sur sa chaise, serrait son pistolet laser à s'en faire blanchir les jointures.

« Tu as une partenaire, Seth. Une femme pour toi. Tu sais ce que ça signifie ? L'importance que ça revêt ? » J'avais envie de le frapper histoire qu'il se réveille. Quel idiot.

« Oh, non. » Seth leva les yeux au ciel et esquissa un étrange sourire. Les expressions humaines était parfois difficile à décrypter, et je n'avais pas la connexion psychique d'un collier Prillon pour m'aider à tout comprendre. « T'es venu me faire la leçon et me dire que j'ai vraiment de la chance ? À moins que je doive me mettre à genoux et remercier les dieux de m'avoir envoyé une femme innocente qui a traversé toute la galaxie pour m'épouser ?

— Exactement. » Il avait *parfaitement* compris.

« Non.

— Non ? »

Seth se leva en même temps que moi, nous étions nez à nez dans cet espace confiné, ma colère montait. Comment ce guerrier *humain* osait rejeter son épouse ? C'était impossible. « Pourquoi tu la rejettes ? »

Seth partit d'un rire dépourvu de la moindre trace d'humour, teinté de douleur. « Je la rejette pas. Je lui *sauve* la vie. »

Je le regardais, perplexe. « De quoi ?

— De moi. De la mort. D'aimer un homme qui peut mourir demain. Je ne suis pas prêt à arrêter de me battre. Je ne peux pas rentrer chez moi sur Terre. Je suis différent maintenant. Trop différent pour côtoyer le commun des mortels au quotidien. » Il poussa un soupir. « Je ne peux pas prendre femme. Je peux pas lui faire ça.

— T'es qu'un lâche. »

J'avais imaginé que cet humain me casserait la gueule pour avoir osé dire le fond de ma pensée. Il se contenta de baisser les épaules et de fermer les yeux, vaincu. Il baissa la tête, son menton retomba sur son plastron. « Sûrement. Je n'ai pas envie d'en faire une veuve avec des enfants sans père pour les protéger. Ce serait égoïste de ma part, Dorian. Pourtant dieu sait que j'en ai envie. J'aimerais la sauter jusqu'à ce qu'elle tombe enceinte, avoir plein d'enfants, c'est aussi simple que ça. »

C'était le désir de la plupart des hommes, quelle que soit leur planète d'origine. J'étais d'accord avec lui, je comprenais son problème. Un problème tout à fait *terrien*.

« Et si je te disais qu'elle ne risque aucun danger, qu'il n'y a aucun risque qu'elle se retrouve seule sans personne pour la protéger, tu serais d'accord ? »

Il me regarda comme si j'avais perdu la tête.

« Évidemment mais—

– Marché conclu, l'interrompis-je. Je serai ton second. Tu es un guerrier. Tu vas épouser ta femme comme tout bon guerrier. Tu prendras un second pour assurer son plaisir, sa protection, son bonheur. Nous la choierons tous les deux, comme toute épouse prillon qui se respecte. Elle n'aura pas de souci à se faire pour les risques que tu as évoqués. Si jamais tu meurs, je te fais le serment de prendre soin de notre femme et de protéger notre descendance. Et je t'assure— dis-je en souriant—qu'elle tardera pas à tomber enceinte si on se la partage.

– Mais de quoi tu parles putain ?

– Tu dois faire me faire la même promesse. Si quelque chose m'arrivait, tu prendras soin de notre femme et de nos enfants. »

Seth restait sans voix, j'attendis. Il savait très bien comment ça fonctionnait chez les guerriers Prillons. Il nous côtoyait depuis assez longtemps pour connaître nos coutumes. Une femme avait automatiquement deux partenaires pour la protéger de ce que Seth redoutait. Une femme prillon ne restait jamais seule, on ne l'abandonnait jamais. Si l'un de ses époux mourrait, l'autre devait assurer sa protection et celle de ses enfants. J'aurais bien aimé partager une épouse avec mon cousin mais ça n'avait pas été le cas. Je respectais Seth en tant que guerrier. C'était l'un des rares humains que je comptais parmi mes amis. Il m'avait sauvé la vie à plusieurs reprises. Je lui faisais confiance pour veiller sur une épouse et la protéger, à mes côtés.

Mais Seth était un humain, pas un Prillon. On disait les humains très possessifs, s'apparentant plus à des bêtes Atlans qu'à des guerriers Prillons. Peut-être que l'idée de partager une femme lui était incongrue. Que cela engendrerait de la jalousie, de la rivalité, de la colère, qu'au lieu de renforcer nos liens, cela nous séparerait. J'attendais qu'il réfléchisse à ma proposition. Je ne connaissais que trop bien l'importance de la patience et du silence.

Il leva les yeux vers moi, l'espoir et la spéculation s'y lisaient. « Et si elle refuse ? Elle est mariée avec moi. Un humain. Un homme. Il se pourrait très bien qu'elle refuse un second partenaire. On peut très bien tomber sur une puritaine collet monté qui va aller se confesser et demander pardon après chaque orgasme. »

Je n'arrivais pas à imaginer qu'une telle femme puisse exister, ils avaient vraiment de drôles d'idées sur Terre.

« C'est ça la femme idéale pour toi ?

– Bien sûr que non. »

Je hochai la tête, rassuré. Je doutais fort qu'un valeureux guerrier comme Seth soit attiré par ce type de femme. Si ça n'était pas le cas, on ne risquait pas de lui avoir attribué une femme pareille. « Accepte-la. Je serai ton second. On la séduira ensemble. On la convaincra que deux époux valent mieux qu'un. »

Seth tendit la main, les humains avait une drôle de manière de sceller leurs accords. « La décision finale lui appartient. Si elle ne veut pas de nous, elle rentrera chez elle ou choisira quelqu'un d'autre. Je n'ai pas envie de faire d'elle une veuve éplorée. »

Je serrais sa main. « Marché conclu. Mais à moins que tu ne saches pas procurer de plaisir à une femme, je ne pense pas être concerné par cette éventualité. »

Il éclata de rire devant mon insulte évidente. « Tu t'attaques à un gros morceau prillon. Tu sais pas de quoi les terriennes sont capables.

– Éclaire ma lanterne. »

Seth haussa les épaules. « Pots de colle. Exigeantes. Douces. N'aiment pas avoir les mains sales.

– J'ai pas envie que ma femme soit sale, mais qu'elle me désire et soit douce. »

Je nageais dans la perplexité la plus totale. « Comme Trinity par exemple ? C'est une terrienne il me semble ? »

Seth gloussa. « C'est pas une femme, c'est un soldat comme ma sœur Sarah. Ça n'a rien à voir. Elles sont endurcies. Elles te tiennent par les couilles, c'est elles qui portent la culotte, c'est pas ce dont j'ai envie.

– De quoi t'as envie alors ?

– Si seulement je le savais. Si vous arrivez vraiment à pénétrer le subconscient des épouses, alors on tardera pas à le savoir. »

Effectivement.

Chloé

« Je suppose que vous n'est pas autorisée à me dire ce que vous avez fait ces quatre dernières années au sein de la Coalition ? J'aurais aimé recueillir des informations afin de vous trouver un partenaire, ça m'aiderait à mieux vous comprendre et connaître votre passé.

– Ça m'est impossible malheureusement, » répondis-je. Ça faisait un an que j'étais revenue sur Terre. J'avais travaillé quatre ans au Service des Renseignements mais au cours des douze mois écoulés, on m'avait rarement posé de questions sur mon travail au sein de la Coalition. Les terriens ne croyaient pas en l'existence de la Ruche— surtout depuis que les nouveaux Services de Renseignements ne communiquaient rien concernant les horreurs dont ces voyous de l'espace étaient capables. La Terre était placée sous la protection des planètes de la Coalition et n'était pas en lien direct avec la Ruche. Certains volontaires avaient bien voulu s'enrôler, comme moi, mais le pourcentage était relativement faible. La Terre fournissait le quota de volontaires nécessaire pour répondre aux besoins de protection de la Coalition mais ça n'allait pas plus loin.

Les dirigeants sur Terre était bien trop occupés à se battre entre eux pour se consacrer sérieusement à la menace venue de l'espace.

Et lorsqu'on revenait sur Terre ? Nous n'avions pas l'autorisation de raconter ce que nous avions fait *là-haut*. Ça n'était pas aussi réglementé que ça, on pouvait parler, mais personne n'était en mesure de comprendre et la majeure partie des gens ne nous croyait pas. Personne ne me croyait aux urgences de Houston. Je recevais les appels du 112 cinquante heures par semaine pour essayer de résoudre les pires des problèmes. Violence conjugale. Tuerie dans les écoles. Ouragan. Inondations. Crise cardiaque. Accident de voiture. Les humains croyaient aux fantômes et aux médiums qui prévoyaient l'avenir ou leur vie sentimentale mais dès qu'on leur parlait de la menace de la Ruche dans l'espace ? Comment ça, moi j'étais un agent double ? Qui m'étais battue contre les extraterrestres et avait infiltré les lignes ennemis ? Une chose était sûre, mes collègues se foutaient bien de ma gueule.

Je ne pouvais pas trop leur en dire. Tout comme les membres des services secrets américains, tout était confidentiel, même leurs épouses ne savaient pas où partait leurs Marines de maris en mission. Tout était secret. Top secret.

Notamment concernant ce qui touchait à la nouvelle technologie destinée à brouiller les fréquences radio de la Ruche. Notamment ceux, comme moi, qui avaient des facilités pour écouter et déchiffrer leur conversation. Je ne m'expliquais pas comment j'y parvenais mais dès que j'entendais quelque chose d'étrange, ça faisait tilt avec mon neuro-processeur. Nous étions peu nombreux dans ce cas. Un certain Bruvan se trompait souvent, un peu trop à mon goût, mais il se démerdait toujours pour accuser quelqu'un d'autre, il accusait la Ruche de changer ses plans au dernier moment.

Ou bien, il m'accusait moi.

Ils avaient failli tuer tous mes hommes lors de la dernière mission, et moi avec. J'avais été renvoyée chez moi, à l'hôpital, mais lui avait gardé son poste. À force de combiner des conneries, de valeureux guerriers mouraient par sa faute.

Je dus prendre sur moi pour ne pas montrer ma colère et ne pas confier mon ressenti à la gardienne, qui ne demandait que ça. Je ne savais pas jusqu'à quel point je pouvais lui faire confiance et je ne risquais pas de lui poser la question. « Je ne peux vraiment rien vous dire. »

La gardienne me regarda d'un air fort mécontent. « Vous avez mené deux missions pour le compte du Service des Renseignements et achevé vos quatre ans de service avant de revenir sur Terre. Vous travaillez au standard du 112 dans votre ville natale. Vous êtes revenue à la vie civile. Vous avez un métier, un appartement, des amis et vous avez pourtant décidé de devenir une épouse interstellaire. Pourquoi ?

— Qu'est-ce que ça peut faire ? Je suis ici de mon plein gré. »

Mes poignets étaient attachés au fauteuil par d'épaisses courroies métalliques. « Le fait d'être attachée sur un fauteuil va à l'encontre du principe même du volontariat. »

Elle regarda sa tablette, y fit glisser son doigt, les courroies se rétractèrent d'elles-mêmes dans le fauteuil. « Elles sont là pour garantir votre sécurité durant le test et me protéger des personnes inculpées de meurtre. Ils restent des prisonniers jusqu'à la fin du test, jusqu'à ce qu'ils acceptent le mariage et parviennent à destination dans leur nouveau monde.

— Merci. » Je frictionnai mes poignets bien qu'ils ne soient pas irrités. Ça me donnait la chair de poule. J'avais froid dans ma blouse d'hôpital. J'avais froid aux fesses, mieux valait ne pas y penser.

« Vous êtes loin d'être une prisonnière Chloé, bien au contraire. Je suis sûre que votre dossier regorge d'éloges émanant de la Flotte de la Coalition.

— Vous partez à la pêche aux infos, dis-je en lui adressant un sourire forcé.

– Si on veut. Vous pouvez au moins me dire pourquoi vous vous portez volontaire, » dit-elle en soupirant.

Je haussai les épaules. « J'ai déjà été dans l'espace. Je connais la Coalition et le genre de mecs remplissant les conditions requises pour les tests des Epouses Interstellaires. Je me connais. Je suis une terrienne, mais quatre années passées dans l'espace ont fait de moi une autre femme. La Terre a beaucoup changé. Je ne peux pas vous en dire plus et de toute façon, personne ne me croirait. J'en ai ... marre. Je ne me sens plus chez moi nulle part.

– Retournez au Service des Renseignements.

– C'est impossible.

– Pourquoi ? »

J'indiquais sa tablette. « La raison de mon retour n'y figure pas ? »

Elle examina mon dossier, son doigt voletait sur tablette. Elle devait être en train de prendre connaissance des menus détails. Je n'ai jamais eu accès à mon propre dossier. « Ah oui. Des blessures dont on ne précise pas la gravité vous ont rendue inapte au service. » Elle me regardait avec perplexité, dans l'attente d'une explication.

« J'ai été blessée au cours de ma dernière mission. J'ai fini par guérir mais j'avais pas envie de finir dans un bureau. » C'est tout ce que je pouvais lui dire. C'était la vérité. Inutile de lui dire qu'on m'avait interdit de revenir. Ils m'avaient donné le choix, prendre ma retraite ou être fichue dehors. Ils ne voulaient plus jamais entendre parler de moi.

Je n'avais pas du tout l'intention de rejoindre leurs rangs.

Ma blessure à la tête était peut-être plus grave que je

l'imaginais. Retourner dans l'espace serait peut-être de la folie pure mais de toute façon, je n'y retournerai pas. Pas pour vivre le même type de vie du moins. Je n'avais pas la moindre envie de tomber sur Bruvan ou un des mecs avec lesquels je bossais.

Je ne les appréciais pas assez pour ça.

A qui avais-je été mariée ? J'avais fréquenté la majeure partie des races extraterrestres. Atlan. Prillon. Trion. J'avais rencontré un seul Chasseur Everis, sexy en diable. N'importe lequel ferait l'affaire. Et ce rêve avec ces deux mecs, j'allais sûrement débarquer sur Prillon Prime. Je devais en avoir le cœur net. La curiosité me bouffait. « J'ai été mariée ? »

La gardienne Egara se leva, fit le tour de la table et prit place dans le fauteuil métallique. « Oui. C'est une première.

– Oh ?

– Vous avez épousé un humain. Un Terrien. » Elle regarda sa tablette. « Compatible à quatre-vingt-dix-neuf pour cent. »

Je bondis hors du fauteuil et posai mes mains sur mes hanches. « Pardon ? Je me casse. » J'avais subi ce test pour foutre le camp de cette planète, pas pour rester plantée ici.

« Non. Vous n'allez pas rester ici. Vous êtes accouplée à un combattant de la Coalition, un terrien. Le Capitaine de la Patrouille de Reconnaissance servant dans le Bataillon de la Coalition.

– Quel secteur ? » J'essayais d'y voir clair, je ne savais plus que penser. Un homme. Un humain. J'adorais les hommes—les humains. Mais au vu du rêve, j'aspirais à deux immenses beaux gosses Prillons, histoire de me changer les idées.

« 437. Bataillon Karter.

– Vous êtes sérieuse ? » Le secteur 437 était un foyer très actif aux mains de la Ruche. J'avais déjà entendu parler du bataillon Karter. On leur avait volé de la technologie très avancée. Le premier Nexus, un mutant de la Ruche, avait été piégé et éliminé par une autre humaine, Meghan Simmons, alors que je bossais aux Renseignements. C'était mon amie, jusqu'à ce qu'elle épouse Nyko, un seigneur de guerre Atlan, et était retournée à la vie civile sur Atlan. J'étais contente pour elle mais m'étais retrouvée seule dans un océan de testostérone après son départ.

Le vaisseau sur lequel j'étais avait explosé. Bruvan avait rejeté la faute sur moi, ce qui m'avait valu un retour simple.

Je ne me sentais plus chez moi sur Terre, j'étais devenue étrangère à ma propre ville, je n'avais aucun ami, je n'avais pas le droit de parler de ma mission au sein de la Coalition. Je me levais, partais au travail, rentrais, nourrissais le chat du voisin. Et rebelote.

Je repensai à ce rêve qui perdait désormais de sa consistance. Pas un mec mais deux, pas humains. J'avais jamais rencontré de type aussi doué, à moins que je ne sois pas tombée sur le bon. « Vous êtes sûre que je suis pas en train de faire une énorme erreur ?

– Sûre et certaine. Vous serez téléportée là-bas si vous acceptez. »

Je me mis à faire les cent pas et plaçai une mèche de cheveux noirs derrière mon oreille. Je tenais ma couleur de cheveux de ma grand-mère vietnamienne, j'aimerais tant qu'elle soit encore en vie. Elle et tant d'autres. Hormis des cousins que je voyais une fois toutes les morts d'évêque, j'étais seule. « Et s'il ne me plaît pas ?

– Vous avez trente jours pour refuser le candidat qui vous a été attribué et en choisir un autre.

– Vous êtes bien sûre qu'il s'agit d'un humain ?

– Oui. Pourquoi cette question ? » Elle me regardait avec une perplexité teintée de curiosité. Je me demandais ce qu'elle savait des fantasmes qui m'avaient habité durant mon passage dans ce fameux fauteuil.

Je repensais à ce rêve avec deux hommes qui me caressaient, me faisaient littéralement fondre. Je n'avais jamais songé à pareille éventualité avant, je m'adapterai. Un homme me suffisait largement, mon homme idéal, un humain, sans tentacules ou autre bizarrerie, du style des yeux de mouche, une langue fourchue, des écailles, des griffes. Beurk. Je frissonnais. « Il retournera sur Terre une fois sa mission terminée ?

– Non."

– Pourquoi ? je la bombardais de questions.

– Parce que les époux ne peuvent habiter sur Terre. Une fois l'union validée, il ne pourra y retourner, et c'est valable aussi pour vous.

– On vivra sur un vaisseau spatial pour le restant de nos jours ? »

La gardienne soupira.

« Commandant, asseyez-vous s'il vous plaît. »

Elle utilisa mon grade de la Coalition, je me radoucis. Elle me considérait autrement qu'une simple Terrienne. J'obtempérai.

« Je n'ai pas toutes les réponses, un peu comme vous mais je *peux* vous dire une chose. Le test est fiable à quatre-vingt-dix-neuf pour cent. Je vous assure sans l'ombre d'un doute que votre partenaire est l'homme qu'il vous faut. »

Je songeai l'espace d'un instant au *plaisir* procuré par les hommes dans mon rêve, un détail bien précis me revint en mémoire. « Vous savez que ça peut marcher, puisque vous êtes allée dans l'espace. »

Elle hocha la tête.

« Et vous en êtes revenue.

– J'ai épousé deux guerriers Prillons qui sont morts au combat. J'ai opté pour rester citoyenne de Prillon Prime et servir la Coalition en tant que gardienne sur Terre. Je me remarierai lorsque je me sentirai prête. »

J'avais de la peine pour elle. La détresse se lisait dans ses yeux, la peine d'avoir perdu non pas un, mais deux maris. Marier d'autres femmes comblait son manque ou lui faisait-il ressentir d'autant plus leur absence ?

Elle ne me laissa pas le temps de répondre à mes questions, elle se leva en traînant son fauteuil.

« Veuillez décliner votre identité.

– Chloé Phan.

– Etes-vous mariée ?

– Non.

– Avez-vous des enfants ? Même adoptés ?

– Non.

– Un époux vous a été attribué selon les protocoles en vigueur, vous serez téléportée sur une autre planète et ne retournerez jamais sur Terre. Est-ce correct ? »

Je ne retournerai jamais sur Terre. C'est exactement ce que je voulais. « Je vais quitter la Terre et être téléportée sur le Cuirassé Karter ?

– Oui, Chloé. C'est exact. »

Je contemplais le mur derrière elle. Je voulais quitter la

Terre. Retourner là d'où je venais, sur un cuirassé. Qui sait, ce test avait peut-être du bon.

Et merde. Je le découvrirais bien assez tôt.

« J'accepte. »

La gardienne Egara effleura sa tablette. « Parfait. Posez vos mains sur les accoudoirs. Oui, merci. Ne faites pas attention aux courroies, elles vous maintiendront en place durant la préparation et le transport. »

La préparation ? Le transport ? Je n'avais jamais été téléportée dans un fauteuil auparavant, ni en tenue d'hôpital. Je tirai sur mes liens, plus pour des raisons pratiques que la panique en elle-même—comme si je me préparais au combat.

Elle effleura de nouveau son écran et à ma grande surprise, le fauteuil pivota vers une large ouverture apparue dans le mur. Il glissa comme sur des rails et fila droit vers le mur. L'alcôve brillait de lumières bleues. Le fauteuil s'arrêta, un bras robotisé muni d'une grosse aiguille s'approcha sans bruit de mon cou et s'arrêta, l'une des lumières vira au rouge.

« Qu'est-ce qui se passe ? »

La gardienne regarda l'écran d'un drôle d'air, je lui épargnai de longues minutes de perplexité en lui donnant quelques bribes d'informations.

« Je n'ai pas besoin de neuro-processeur. J'en ai déjà un —pour ainsi dire. » Le truc implanté dans mon crâne n'était pas un neuro-processeur ordinaire mais elle n'était pas tenue de le savoir.

Elle me dévisagea de ses yeux gris, la perplexité se mêlant à la curiosité. « Et pourquoi ça n'apparaît pas sur mes scanners ? «

Je haussai les épaules. « Je ne saurais le dire.

– Ben voyons. » Elle n'était pas contente. Je souris pour essayer de détendre l'atmosphère. Mon neuro-processeur me permettait de traduire toutes les langues de la Flotte de la Coalition, comme tout un chacun, avec un petit truc … en plus. Le docteur Helion, le spécialiste des implants neurologiques au Service des Renseignements, m'avait dit que ce prototype de neuro-processeur était revêtu d'un matériau spécial permettant de ne pas être repérée par les Unités d'Intégration de la Ruche au cas où je venais à être capturée.

Dieu merci le cas ne s'était jamais produit.

« Parfait, Mlle. Phan. Bonne chance. »

Une sensation de léthargie et de plénitude m'envahit tandis que je plongeais dans un liquide bleu tout chaud. C'était bon, j'étais bien …

« Détendez-vous, Chloé. » Elle toucha l'écran qui s'était matérialisé dans sa main, sa voix me parvenait de très très loin. « Le processus commencera dans trois … deux … un … »

4

orian, *Cuirassé Karter, Salle de Téléportation*

Lorsque je m'étais réveillé ce matin-là, je m'étais attendu à mourir au combat contre la Ruche, pas à prendre une épouse. Putain de merde.

Les poils de mon corps se dressèrent en entendant le signal électrique familier du sas de téléportation annonçant son arrivée. *Son arrivée.* Je contemplai Seth, impassible, faisant son possible pour rester de marbre. Il serrait les poings, non pas pour en découdre mais pour endiguer sa crainte, son anxiété, son inquiétude face à cette femme, à ce qu'elle deviendrait s'il venait à mourir au combat.

Après m'avoir expliqué qu'il ne voulait pas entendre parler du *putain de cadeau de Noël*—c'était là ses propres termes—de sa sœur, Sarah, il avait pété un câble, était devenu complètement parano, tout en restant connecté aux réalités de la guerre, Seth avait été capturé et torturé par la Ruche.

Je n'étais pas mission avec lui lorsqu'il avait été capturé, il était sacrément chanceux de pas s'être fait tué, ou pire, *intégré*.

Il était revenu entier, sans aucun implant cyborg mais lui ne voyait pas les choses sous cet angle.

Mais plutôt comme une solution inéluctable. Il ne pouvait pas se marier si c'était pour la laisser elle et leurs enfants, seuls et sans défense. Son point de vue était quasiment identique à celui d'un guerrier Prillon, hormis le fait que Seth était un Terrien, et que sa planète considérait le mariage des guerriers différemment. Un homme et une femme. Sur Prillon, la règle était de deux guerriers pour une Epouse Interstellaire, pour la protéger, la chérir, l'aimer, et bordel de merde, la baiser et la combler sexuellement parlant.

Je changeais de position, ma bite s'agitait en songeant à baiser cette femme qui serait bientôt mienne, à Seth et moi, une femme pour deux.

Lorsque je m'éveillai ce matin-là, je ne me voyais pas avec une femme dans mon lit, couchée entre mon meilleur ami et moi. On allait la baiser comme des bêtes, lui procurer tant de plaisir qu'elle ne se rappellerait même plus où elle habitait.

Prétentieux ? Ouais, j'avoue. J'avais passé ma vie à attendre de prendre épouse, je n'avais jamais imaginé que ce soit possible après la mort de mon cousin. Je n'avais pas passé le test, je n'avais pas le droit.

Mais Seth était allé en enfer et en était revenu. Il avait gagné le droit de se marier. Il le méritait. Il en avait *besoin*.

« En approche. » La voix du technicien responsable du transport interrompit mes pensées.

Seth se raidit.

Le grésillement et le ronronnement caractéristiques de la téléportation atteignirent leur apogée et s'arrêtèrent net, une silhouette féminine se matérialisa sur le sol métallique de la cabine. Elle était évanouie, on l'aurait crue échappée du dispensaire. Son corps frêle était drapé dans une tunique que nous connaissions bien, le logo, quant à lui, m'était inconnu. Anglais. Seth parlait anglais, je le comprenais à la perfection lorsqu'il parlait mais le neuro-processeur était inefficace à l'écrit sans un minimum de pratique.

Elle était blessée ? Ou blessée durant le transport ? Seth se précipita vers elle et se jeta à genoux.

« Un docteur, vite ! » criai-je, sans me soucier que mon ordre soit effectivement pris en compte.

C'était le cas. Je ne quittais pas des yeux les deux techniciens afin de m'assurer que le docteur arrive immédiatement. Cette femme était mon épouse, elle ne devait courir aucun risque, subir le moindre retard, parce que certains lambinaient. Je n'avais pas encore vu son visage, elle était petite, comparée à moi. La fine tunique recouvrant sa poitrine lui arrivait aux genoux, une fente—au dos—laissait entrevoir sa cuisse. Sa peau était plus mate que celle de Seth, mais plus claire que ma peau tannée. Ses cheveux d'un noir de jais tombaient en une cascade ondulante et soyeuse lorsque Seth la prit dans ses bras.

Il ôta les cheveux devant son visage et la contempla. « Elle respire. »

Je ne m'étais pas rendu compte de mon état de stress,

je poussai un soupir de soulagement et relâchai mes épaules. Elle respirait, son cœur battait, elle était bien vivante. Elle gémit imperceptiblement, Seth grommela et l'attira étroitement contre lui.

J'osai la toucher, j'effleurai sa cheville, je palpai sa peau douce et chaude, je sentis battre son cœur.

Seth avait une expression que je ne lui avais jamais vue.

Admiration.

Surprise.

Possessivité.

Ouais, je dois avouer que je ressentais exactement la même chose, la moindre de ces émotions. Mais en tant que Prillon, je ressentais également une certaine fierté, sachant que Seth tenait notre femme dans ses bras, qu'il la protégerait au péril de sa vie, tout comme moi.

« Où est ce putain de toubib ? » demandai-je.

Le technicien pâlit et déglutit devant le ton de ma question.

« Elle arrive Capitaine.

– Elle se réveille, » dit Seth, d'une voix teintée d'espoir et … d'étonnement.

Je m'agenouillai à côté d'elle, Seth la tenait contre lui, elle était entre nous deux.

Lorsqu'elle ouvrit les yeux, j'eus l'impression de recevoir un coup de poing en plein dans le ventre, une déflagration de pistolet laser. Elle avait d'immenses yeux verts, une couleur rare et très caractéristique des Terriens, qui offrait un contraste saisissant avec ses cheveux noirs et sa peau mate.

Je la vis déglutir, sa langue rose lécha ses lèvres pulpeuses. Elle se réveilla subitement — à ma grande surprise et à celle de Seth. Elle s'assit bien droite, sa tête heurta le menton de Seth au passage, fit claquer sa mâchoire et tomba lourdement à la renverse.

« Doucement, dit Seth calmement en caressant son bras.

– Je me sens bien, » répondit-elle fermement mais doucement. Tout en elle était doux, petit, agréable. Elle paraissait ... fragile.

Mais j'allais la casser en deux quand j'allais la sauter ? J'étais costaud, et pas tendre. Je l'aidai à se relever, je l'installai maladroitement sur mes cuisses, j'étais à genoux. Je ne voulais pas qu'elle se cogne. Je voulais qu'elle baigne dans le bien-être, elle le méritait.

Pourquoi ? Parce que c'était ma femme, c'était la seule et unique raison.

« Oui, tu vas bien mais prends le temps de te remettre, tu as fait un long voyage. »

Elle s'immobilisa et regarda Seth.

Je n'avais pas entendu la porte de la salle de transport s'ouvrir, seulement des bruits de pas pressés, j'aperçus les jambes du docteur avant même qu'elle se plante à côté de nous.

« Vous avez l'air en pleine forme, » lança-t-elle à notre femme.

J'avais déjà rencontré cette doctoresse, c'était une Atlan, efficace et compétente.

Notre femme s'agitait, elle prit appui sur mon bras pour se redresser. Elle agrippa d'une main son étrange tunique ouverte dans le dos. Seth se leva en hâte et se plaça derrière elle.

Parfait. Inutile que les techniciens préposés au transport la voient nue. Ça ne risquait pas d'arriver. Si

Seth ne s'était pas soucié de préserver sa pudeur, je m'en serais chargé. Je m'agenouillai devant elle, notre différence de taille était flagrante. Seth était humain, il la dépassait d'une bonne tête. Je faisais trente centimètres de plus, je'avais pas envie qu'elle prenne peur.

Pas de moi, *jamais*.

« Je me sens bien, hormis une légère migraine, répéta notre femme.

– Hmm, répondit la doctoresse en l'examinant de la tête aux pieds d'un oeil professionnel. Commençons par le b.a-ba ?

– Chloé Phan. »

Chloé.

« D'où venez-vous ?

– De Terre, du Texas. Chloé soupira. Passez-moi une baguette ReGen pour la migraine et tout ira bien. J'ai toujours la migraine après les téléportations. »

La doctoresse la regarda d'un air perplexe mais ne fit aucun commentaire, contrairement à Seth.

« T'as toujours la migraine après une téléportation ? T'en as fait souvent ? » Il attrapa l'arrière de sa tunique et serra le poing tandis qu'elle se tournait pour le dévisager.

Elle haussa les épaules pour se dégager, tendit le bras et parvint à fermer l'ouverture de cette saleté de blouse. Je n'avais pas envie de la voir habillée comme un sac de patates. Je voulais la voir sans rien—ça serait possible une fois dans les appartements de Seth. Les appartements des *jeunes mariés.*

Chloé nous regardait d'un air pensif. « Je ne les compte plus. »

La doctoresse tapota sur sa tablette et regarda l'écran. « Epelez Phan, s'il vous plaît. »

Chloé obtempéra.

La doctoresse se figea.

« Elle est malade ? » demandais-je en constatant que la doctoresse s'était figée en contemplant l'écran. Mon coeur s'arrêta net, je ne respirais plus, j'attendais sa réponse.

Au lieu de répondre, elle prit la baguette ReGen à sa ceinture et l'agita sur notre femme.

Chloé ne broncha pas comme elle aurait dû le faire si cet objet lui avait été étranger. Elle s'en empara immédiatement, la lumière bleue luisait tandis qu'elle l'agitait sur sa tête. Elle ferma les yeux, laissant la baguette faire son usage.

« Attends, qu'est-ce-qui se passe ? demanda Seth en croisant les bras sur sa poitrine. T'es déjà allée dans l'espace ?

– Oui.

– En tant qu'épouse ? »

Elle secoua la tête, les yeux toujours fermés. « Non, pas en tant qu'épouse. Pourquoi, ça pose problème ?

– Non. » Seth et moi répondîmes immédiatement, elle esquissa un demi-sourire. Les minuscules crispations autour de ses yeux et ses lèvres se détendirent, elle était encore plus belle, si tant est que ce soit possible, grâce à la chaleur bénéfique de la baguette ReGen. Je savais ce qu'elle éprouvait, lorsque la douleur disparaissait. Sa voix était plus douce, comme si elle était assoupie, ma bite se réveilla jusqu'à ce que je percute.

« J'étais un combattant de la Coalition.

– J'en étais sûre, marmonna la doctoresse en se levant. Ma présence est inutile. Mais que ce soit bien clair Chloé, vous n'êtes pas ici en tant que combattant de la Coalition mais en tant qu'épouse. Vos maris vont bien s'occuper de vous. »

Elle pivota sur ses talons et sortit. Putain mais que voulait-elle dire par là ?

« Un instant. » Chloé ouvrit grand les yeux et posa la baguette ReGen sur ses genoux. « Ce sont mes maris ? »

Seth lui sourit. « On est mariés, je m'appelle Seth Mills, et voici Dorian, mon second. »

Elle fronça les sourcils, une petite ride apparut sur son front. « Tu es une terrienne, une américaine ou une canadienne vu ton accent.

– Une américaine pur jus mon joli. » Seth sourit.

Elle darda ses yeux verts sur moi. « Ouais, sauf que sur Terre, les mecs ne partagent pas leurs femmes, sauf pour une partouze. »

Seth se mit à rire, elle le regarda. « Je ne te partagerai qu'avec Dorian. » Il s'approcha et caressa ses cheveux. « Je ne te partagerai qu'avec lui mais si tu ne veux pas de nous, tu en as parfaitement le droit ma chérie. »

Mon coeur s'arrêta de battre tandis que Seth lui proposait cette solution, de nous laisser tous deux. Je ne la connaissais que depuis quelques minutes à peine mais je voulais la garder, la baiser, la protéger, la posséder. C'était un rêve, le fantasme du guerrier, tout en courbes, une pure beauté. Elle nous contemplait, Seth et moi, sa respiration s'accéléra, je voyais son pouls battre à la base de son cou.

Je la dévisageais sans masquer la moindre de mes émotions, ni le désir, ni l'admiration que m'inspirait sa beauté. Je voulais qu'elle sache exactement ce que j'étais en mesure de lui apporter. Ce qu'on exigerait d'elle, abandon total, soumission, gagner son coeur. Tel était mon désir, Seth serait aussi intransigeant s'agissant de conquérir notre femme. Corps et âme.

Je capturais l'instant précis où elle prit sa décision, le désir dans ses yeux, juste avant que ses joues ne se parent d'un joli rose. « T'es sûr ? » demanda-t-elle en regardant attentivement Seth. « C'est un Prillon, t'es un humain. Si on fait ça, tu pourras pas changer d'avis et te comporter comme un rustre s'il me saute dessus, ou si je tombe amoureuse de lui, ou si j'ai un bébé Prillon au lieu d'un bébé humain. » Elle énumérait les possibilités comme s'il s'agissait de conclusions gravées dans les marbre, qu'elle m'aimerait, me désirerait, porterait mon enfant.

Mon instinct me poussait à lui sauter dessus, à la baiser sur le champ, dire à Seth de la sauter avec moi ou de me laisser faire. Mais notre femme avait raison de lui poser la question. Il n'y aurait aucun retour en arrière possible. Seth ne pourra plus changer d'avis une fois qu'elle sera à moi. Il faudra me passer sur le corps pour me ravir notre femme, nul doute que ça la tuerait.

Mon ami se détourna et croisa mon regard. Nous nous comprîmes sans mot dire. Ce moment était en tous points semblable à celui précédant le combat. Sauf que la récompense n'était pas la survie ou la mort de nos ennemis, mais *elle*.

Seth se tourna vers elle et effleura sa lèvre inférieure. « J'en suis sûr certain Chloé, Dorian est un valeureux guerrier. Je suis honoré qu'il soit mon second. Je te donnerai tout, je te le promets. Nous devons nous battre pour protéger notre peuple. Tu sera câjolée, protégée, au cas où … »

Il ne termina pas sa phrase, c'était inutile. Chloé prit sa main et la plaqua sur sa joue. « Je sais, je connais les risques. » Elle lâcha la baguette ReGen, déplaça imperceptiblement sa main sur sa hanche, ses doigts tremblaient tandis qu'elle effleurait quelque chose sous sa tunique, comme si ça la gênait.

Le mystère le plus total se lisait dans les yeux verts de Chloé. « Je présume que c'est pareil pour toi ? Me partager avec un petit humain, et non pas un valeureux guerrier Prillon ?

– Oui, dis-je en souriant. *Petit ?* Je vais devoir me résoudre à prendre pour époux légitime un homme peu couillu. » J'éclatais de rire sans pouvoir m'en empêcher. Ça faisait des mois que j'avais pas ri, pas depuis la mort de mon cousin.

Seth grommela et murmura quelque chose à son oreille. « Tu vas me payer ta remarque mesquine. Attends d'être à poil. »

A ma grande surprise, Chloé éclata de rire. « C'est quand tu veux, Capitaine. »

L'ambiance pesante s'évanouit comme par enchantement, elle mordilla le doigt de Seth qui protestait. Mon inquiétude concernant sa drôle d'attitude s'évapora d'un coup d'un seul. Non, ma femme n'était pas blessée, elle était impertinente en diable, j'avais trop hâte de mater ce volcan, d'enfouir ma bite dans sa chatte brûlante, lorsque je voyais ce désir infernal qui brillait dans ses yeux.

Oui, je ne la connaissais que depuis quelques minutes mais elle était définitivement taquine et dominatrice. Bon sang, c'était logique si elle était effectivement une combattante de la Coalition. Seth ne quittait pas notre femme des yeux, il aurait bien voulu ne pas éprouver de désir pour cette guerrière mais Chloé l'avait envoûtée d'un seul regard. Il la désirait. Moi aussi. « Tu m'appartiens. »

Chloé inspira profondément, j'étais fasciné par son visage qui changeait au fur et à mesure qu'elle réfléchissait. Elle regarda Seth. « La gardienne a dit que tu faisais partie de la patrouille de reconnaissance ?

– Capitaine de ReCon 3, pour vous servir. » Seth sourit, pris la baguette ReGen et l'agita sur sa tête.

« Ça va mieux ? » demanda-t-il. Elle hocha la tête mais se taisait, comme si son empressement la gênait. Elle préféra l'ignorer et se tourna vers moi. « Et toi, Dorian ? Tu fais quoi exactement ? »

L'entendre prononcer mon prénom me fit l'effet d'une décharge électrique. J'aimerais qu'elle le répète inlassablement. « Je suis pilote, très chère.

– Oh. » Le ton de sa voix laissait entrevoir tout ce que ce terme impliquait en termes de danger.

« Pas étonnant que tu t'inquiètes, répondit-elle. Vous êtes accros à l'adrénaline, hein ? »

Je ne savais pas trop ce qu'elle voulait dire par là mais Seth se raidit, j'attendis qu'il réponde à ses autres questions bizarres. « Je sais pas, Chloé. Tout ce que je sais c'est que j'arrive pas à rester bien longtemps sans combattre, tout comme Dorian. »

Elle hocha la tête. « Je comprends, tu peux me croire. Je suis pareil.

– Tu comprends maintenant pourquoi j'ai choisi Dorian pour second ? »

Je me relevai de toute ma hauteur, Chloé dut se pencher en arrière pour me regarder. « Oui, répondit-t-elle en léchant ses lèvres.

– Tu sais comment ça fonctionne si t'es déjà allée dans

l'espace. » Etant le second de Seth, je me conforme forcément aux règles en vigueur sur Prillon. Je regardai derrière moi le technicien chargé du transport, il suivait l'intégralité de notre conversation avec une attention non dissimulée. Ça n'était pas tous les jours que des épouse débarquaient. Sa présence était une récompense, il était très honoré. « Vous avez ce que j'ai demandé ? »

Il se ressaisit et retourna à son pupitre. « Oui, Capitaine. »

Il me tendit les trois rubans noirs, les colliers de mariage prillon. Je les connaissais comme ma poche, depuis que j'avais grandi, j'attendais ce moment, ce moment où je les présenterais enfin à ma femme. J'étais le second, j'aurais dû donner les colliers à Seth mais ce ne fut pas le cas, ce n'était pas un Prillon. Bien que Chloé soit mariée à lui, et non à moi, elle m'appartenait autant qu'à Seth.

Je ne voulais pas renoncer à cette intense connexion émotionnelle partagée entre époux grâce au collier. Je l'attendais, j'attendais ce moment. Si elle n'était pas du goût de Seth, libre à lui de rester à l'écart de notre lien psychologique. Mais Chloé ? Elle était mienne, j'avais besoin de ressentir ses émotions, savoir si elle était heureuse, effrayée ou excitée. Elle porterait mon collier.

Je remerciai le technicien et me tournai vers ma femme et Seth.

« Un collier de mariage Prillon, murmura-t-elle en me regardant.

– Je serai honoré et flatté que tu portes notre collier, tu seras identifiée comme étant sous ma protection aux yeux de tous. Tu es ma femme, je suis ton mari, je suis très possessif, Chloé. J'ai besoin de voir une trace de moi sur ton corps, de savoir que personne ne te touchera. Me feras-tu l'honneur d'accepter ce collier ?

– Et toi ? » demanda-t-elle à Seth.

Il me regarda droit dans les yeux. Il connaissait la signification de ces colliers, tout le monde comprendrait on le voyant à son cou, au mien, à celui de Chloé. Il était au courant de cette fameuse connexion. « Dorian ? »

Seth prit le collier que je lui tendis. « Le choix t'appartient. Je ne reculerai pas. Elle m'appartient autant qu'à toi. »

Seth acquiesça. « Tu crois tout de même pas que tu vas t'amuser tout seul ? »

Chloé sourit mais son sourire se flétrit comme une fleur en plein désert devant l'expression sérieuse de Seth. « Je porterai ton collier, Chloé. Je t'appartiens désormais. Toi et moi, en tant qu'humains, ne connaissons pas ces coutumes en vigueur dans l'espace. Pas d'église, pas de prêtre, personne pour nous marier. Sache juste, ma chérie, qu'il n'y aura pas de retour en arrière possible dès lors que je t'aurais possédée. Tu seras à moi pour toujours. »

Elle resta bouche bée. « J'ai trente jours pour me décider, champion, » rétorqua-t-elle.

Seth haussa imperceptiblement les épaules. « Oui, selon les règles en vigueur au sein de la Coalition. Mais ce n'est pas pour autant que tu ne seras pas ma femme. »

Elle n'eut pas l'air d'apprécier ma réponse autoritaire.

« Le collier est noir. Il deviendra doré, la couleur de ma famille, lorsque Seth et moi t'auront possédée en bonne et due forme. »

Elle recula d'un pas. « Je connais parfaitement le déroulement d'une cérémonie de mariage prillon, il est hors en question que vous me sautiez en public. » Elle croisa les bras sur sa poitrine, ce qui eut pour effet de faire remonter la naissance de ses seins par l'encolure de sa blouse d'hôpital.

Seth ne prit même pas la peine de me regarder. « Je te partagerai avec Dorian, et personne d'autre. Dorian a le droit d'avoir son collier, selon les lois en vigueur sur Prillon. Il est hors de question qu'il accepte le reste, à savoir, de baiser en public, jamais. »

Elle baissa ses épaules, visiblement soulagée.

J'étais surpris par mes propres émotions. Je savais depuis tout jeune que j'aurais baisée ma femme en public avec un autre homme. Et ça m'avait convenu. Jusqu'à maintenant.

Le simple fait de la voir, les bras croisés, l'arrière de sa blouse ouverte, soulignant ses courbes, me donnait envie de la jeter sur mon épaule et l'amener dans nos appartements privés. Nous avions pris possession de nos appartements au retour de notre dernière mission et y avions déposé nos effets personnels en moins d'une heure.

Nous étions des guerriers. Tout ce qui nous importait, nous appartenait, se trouvait dans cette pièce. Chloé. Elle nous appartenait et je devais faire preuve de self-control pour ne pas me jeter sur elle et explorer la moindre parcelle de son corps avec ma bouche, mes lèvres et ma langue. Une envie sauvage irrépressible montait crescendo.

Je ne m'attendais pas à ce que notre femme soit si belle, si fougueuse, si douce, si parfaite.

Le technicien chargé du transport nous regardait sans sourciller, l'intérêt et la fierté qu'il avait éprouvés pour elle s'étaient mué en agacement. Il regardait et *désirait* ce qui nous appartenait.

Non. Je ne la possèderai pas en public. Cette petite Terrienne était à nous et à personne d'autre. Son plaisir, sa peau, sa capitulation était à nous et à nous seuls.

« Pas d'accouplement en public, » confirmai-je.

J'enfilai le collier, qui se scella et s'ajusta de lui-même autour de mon cou. Un léger ronronnement me parcourut, comme si un autre canal de communications s'était ouvert, bien qu'il n'y ait personne d'autre sur ligne.

Chloé me regarda ainsi que Seth, et fixa mon collier. Au bout d'une minute, elle leva la main, paume vers le ciel, je m'approchai d'elle.

« Si vous voulez bien vous donner la peine, Dame Mills. Je vous en prie. » Je

m'adressai à elle par son nouveau titre officiel pour la première fois, Seth frissonna en assimilant la teneur profonde de ses simples mots. Dame Mills. Mariée. Portant notre collier.

Je plaçai le collier autour de son cou. Seth s'approcha par derrière, souleva ses longs cheveux afin que je puisse faire le tour de son cou gracile. J'effleurai sa peau douce, souple et chaude. Le collier se referma de lui-même, je m'éloignai et regardai le collier s'ajuster.

Ma queue palpita en voyant le collier, un tourbillon d'émotions s'empara de mon propre collier, je poussai un petit gémissement.

Seth me regarda, Chloé écarquillait grand ses yeux.

« Tu me sens ? » demandai-je.

Elle hocha la tête, je vacillai en sentant son désir couler en moi tel du magma. Elle avait autant envie de nous que nous d'elle.

Seth déposa un chaste baiser sur sa nuque, sa réponse me parvint via le collier à une vitesse éclair, comme portée par des douzaines d'ailes battant frénétiquement. Seth relâcha ses cheveux et recula afin de mettre son propre collier.

Un élan de possessivité et d'émotions parcourut notre épouse qui vacilla et lécha ses lèvres, ses yeux brillaient de désir. D'envie.

« Les Prillons sont de vrais génies, Dorian, » murmura-t-il une fois son collier refermé. Il dévisageait notre épouse, ses yeux luisaient d'un éclat semblable à celui d'un faisceau laser.

Je sentais leurs émotions, leurs désirs. Pas seulement celui de Seth envers Chloé—cette femme superbe—mais du sien, envers nous.

« On a terminé ? J'aimerais bien sortir de cette salle de transport. » Chloé avait les mains tremblantes, elle nous dévisageait, accueillant mon désir puissant qui se mêlait à celui de Seth. Ce n'était pas un Prillon mais son désir, son instinct de protection et de possessivité envers elle était aussi fort que le mien, je savais que j'avais pris la bonne décision, la seule et l'unique, en devenant son second.

Chloé, notre magnifique Chloé. Grâce au collier, elle connaissait exactement notre désir pour elle.

« On n'a pas fini, gronda Seth.

– Pas du tout, » ajoutai-je.

Chloé secoua la tête, comme étourdie par toutes ces émotions puissantes et intenses.

Nous étions devenus indissociables.

Je la pris dans mes bras, incapable de réprimer l'envie de la toucher. Seth ne broncha pas, il ressentait ce besoin que j'avais de la tenir entre mes bras et ouvrit la marche vers nos appartements. L'heure était venue de posséder Chloé.

5

eth

J'ouvris le chemin conduisant à nos appartements, espace que je partagerai avec le guerrier Prillon et Chloé, notre femme.

Notre femme. Il y a quelques jours encore, ce mot sonnait tel un fardeau associé au manque et à la peine. J'étais un humain. Un éclaireur. Mes coéquipiers disaient de moi que j'avais neuf vies, comme les chats, mais je connaissais la vérité. Je n'en avais qu'une.

Ma vie lui appartenait désormais.

J'étais déjà tatillon au possible dans mon organisation, je faisais tout pour protéger mes hommes, je jurais de redoubler d'efforts. Il était hors de question que je perde Chloé sans me battre. Et si l'impensable survenait, je savais que l'immense guerrier protecteur, dominateur et sûr de lui qui portait notre femme dans le couloir la protègerait et veillerait sur elle jusqu'à son dernier souffle.

Je le savais. Grâce à ces maudits colliers. Son désir puissant, son instinct de la posséder, avait raison de moi. On était si focalisés sur le moment où on la baiserait que j'avais du mal à retrouver mon chemin dans ce dédale de couloirs couleur crème.

Les quartiers des civils.

C'était une première. Grâce à elle.

Nous arrivâmes devant une porte au bout de quelques minutes—qui me parurent des heures. Je m'arrêtai sans l'ouvrir et me tournai vers Dorian tenant notre petite femme dans ses bras.

Mon dieu, elle était de toute beauté. De longs cheveux noirs doux comme de la soie, des yeux verts en amande qui contrastaient avec sa peau mate. Elle me regardait avec de grands yeux, des émotions mêlées que je n'aurais jamais pu décrypter sans ces colliers prillon géniaux. Espoir. Nervosité. Désir. Anxiété. Envie.

Je regardais mon second. « Pose-la, Dorian. On a une coutume sur Terre que je dois absolument respecter. »

Dorian haussa les épaules et posa doucement Chloé, pieds nus, dans le couloir. Nous étions en pleine matinée, les gens étaient en mission ou au travail. Le couloir était désert, je pris Chloé dans mes bras et demandai à Dorian d'ouvrir la porte, je me plantai devant, ma jeune épouse blottie contre moi. Elle ne portait pas de robe de mariée avec une longue traîne, pas d'alliance en diamant, mais elle était à moi, je comptais bien lui faire franchir le seuil de notre nouvelle vie.

La porte coulissa, je regardais le visage de Chloé tourné vers moi. « Prête ? »

Elle me sourit et passa ses bras autour de mon cou. Cet instant magique se déroulait à des milliards de kilomètres de notre planète. Exit le romantisme, pas de prêtre ni de bouquet de fleurs, rien de tout ce que les humains associent normalement à un moment pareil. Rien qu'elle et moi.

Et un extraterrestre qui nous contemplait comme si on était cinglés. « Je présume qu'il s'agit d'une étrange coutume terrienne ? demanda Dorian.

– Oui, nous répondîmes à l'unisson.

– Le mari franchit le seuil de sa nouvelle maison pour la première fois en portant sa femme aux bras, expliquais-je.

– Pourquoi ? »

Chloé lui sourit. « J'en sais rien, c'est comme ça. »

Dorian nous regarda un instant et hocha la tête comme s'il prenait une grave décision. « Je ne vais pas vous le refuser. »

Avant que je puisse réagir, il nous souleva tous les deux dans les airs. Chloé poussa un cri et s'accrocha à moi. J'éclatai de rire tandis que Dorian poussait un grognement sous l'effort et pestait en franchissant laborieusement la porte.

« T'es plus lourd que prévu, humain. »

Chloé éclata de rire, le bonheur et l'excitation qui se dégageaient du collier, cette explosion de joie fit taire mes réticences quant au geste incongru de Dorian. Chloé riait à gorge déployée. « Vous êtes deux gros malades. »

Elle riait toujours lorsque Dorian me déposa à terre, Chloé resta dans mes bras. Je ne pouvais me résoudre à la laisser.

La porte se referma derrière nous, Dorian ouvrit un

tiroir dans l'un des murs mais je n'y prêtai pas attention, j'étais trop concentré sur la femme dans mes bras. Ça faisait bien longtemps que je n'avais pas tenu une femme n'étant que bonheur, douceur, pureté, amour, rire et joie de vivre. Je sentais sa belle âme, ses espoirs, se mêler aux nôtres. J'étais trop faible pour m'en détourner, pour perdre le contact, ne serait-ce qu'un bref instant, après toutes ces années de peine et d'horreur, années durant lesquelles j'avais refusé l'amour d'une femme, redoutant de la faire souffrir.

Ou me faire souffrir.

Je regardais Chloé droit dans les yeux, son sourire s'évanouit, l'intensité de son regard s'accrut.

« J'arrive pas à te reposer. »

Elle caressa mon visage. « Je sais, je le sens, tout va bien. »

Je me penchai et enfouis mon visage dans ses cheveux. Elle sentait une odeur familière, le gâteau à la cannelle, la brise printanière, le soleil.

J'atteignis le lit, comme sur un nuage. Je connaissais la disposition de la pièce, un canapé bleu marine, des fauteuils, une table pour trois, une salle de bain et un S-Gen, les placards et tiroirs étaient intégrés dans les murs.

Et notre lit, le plus grand que j'ai jamais vu. Dorian avait acheté le lit taille standard en vigueur sur Prillon, on y tiendrait plus que largement à trois.

Les draps étaient bleus, Dorian avait lu dans son rapport que c'était la couleur préférée de Chloé.

Les oreillers étaient dorés, un rappel à ses ancêtres, tout comme la couleur que prendraient nos colliers lorsque Chloé serait officiellement notre femme. Il m'avait demandé mon opinion, je lui avais dit la vérité.

J'avais rien à foutre de la couleur, l'essentiel étant que notre femme soit nue entre les draps.

Et heureuse. Ce besoin de la rendre heureuse pesait telle une chape de plomb. Tous ces doutes, ces craintes dissimulées s'enfouirent dans un recoin de ma tête tandis que je m'assis lourdement sur le lit avec mes Chloé sur mes genoux. Je l'enlaçai, la blottis contre moi le plus tendrement possible.

J'avais du mal à me retenir, je tremblais sous l'effort, ma gentillesse luttait contre cet animal sauvage toutes griffes dehors. « J'arrive pas à te laisser, » répétai-je, la suppliant de me pardonner. J'avais refusé de croire à ce rêve, je l'avais renié, j'en avais souffert en solitaire. J'avais accepté d'être un combattant aigri et solitaire pour protéger la Terre de cet ennemi mortel si terrifiant. Je devais arrêter la Ruche.

L'avoir dans mes bras réouvrait cette blessure mal refermée, des années d'émotions refoulées me submergeaient telles une vague scélérate.

Nous engloutissait tous les trois.

Dorian tituba et s'agenouilla devant nous avec la fameuse boîte Prillon que j'avais oubliée, contenant le nécessaire pour qu'une jeune épouse accepte deux hommes en même temps, sodomie et pénétration vaginale.

Mes couilles se contractèrent douloureusement en m'imaginant en train de la sauter avec Dorian, mon désir allait crescendo. Je n'aurais jamais cru que ça puisse m'arriver, et maintenant ? J'en avais envie. J'avais envie d'écarter grand ses cuisses afin qu'elle accueille nos sexes. Qu'elle nous supplie, ivre de plaisir pendant qu'on labourerait son corps. Je poussai un gémissement, Chloé s'agita dans mes bras. Je relâchai ma poigne de fer, si je bougeais, je ne répondais plus de rien.

« Seth, » murmura-t-elle d'une voix apaisante, sans aucun jugement, une simple acceptation. Son désir rivalisait avec le mien. Dieu bénisse ces putains de colliers. Elle savait. Inutile de parler.

J'inspirai profondément, mon nez et mes lèvres se pressèrent sur sa gorge dénudée. « Je veux tout savoir de toi, Chloé. Tout. J'ai besoin de te connaître. Mais pour le moment... » Comment avouer à une femme que je venais de rencontrer que j'étais à deux doigts de perdre mon sang-froid, que le collier extraterrestre que je portais autour de mon cou me rendait ivre du désir de deux guerriers, que si je bougeais d'un pouce, j'allais me jeter sur elle comme un animal sauvage ?

Dorian se pencha et colla ses poings serrés par terre, ressentant un besoin urgent de se retenir. « Par tous les dieux, Seth, tu vas nous rendre fous. »

Je secouai la tête, j'avais un plan. Je n'avais eu de cesse de songer à comment la posséder la première fois. Comment on s'y prendrait pour la sauter, lui apprendre, la toucher tout doucement, accroître son désir. J'y avais songé dans les moindres détails—où l'embrasser en premier, les paroles que je prononcerais en la pénétrant, ce que je dirais à Dorian, mon second, afin de rendre tout cela possible. Je lui devais une fière chandelle, je n'aurais jamais pu prendre épouse sans lui.

Quand elle fourrerait ses doigts dans mes cheveux, lorsqu'elle tournerait la tête et trouverait ma bouche, tous mes plans fondirent comme neige au soleil. Les colliers faisaient leur ouvrage.

« Embrasse-moi. Baise-moi. Arrache cette stupide

blouse d'hôpital et prends- moi. J'ai envie de toi, de vous, là, maintenant. » Les paroles de Chloé me firent l'effet d'une déflagration, je lui sautai dessus et arrachai sa blouse sans prévenir, dévorai sa bouche, découvris sa chatte toute chaude et humide en enfonçant deux doigts dedans. Je branlai son clitoris à toute vitesse, sans pitié, jusqu'à ce qu'elle s'arcboute et pousse un cri silencieux, tout son corps frémissait, elle était chaude et étroite sous mes doigts.

Un. Et de un. Et encore, elle n'avait rien vu, ne m'avait pas supplié.

Elle me supplierait sous peu.

———

Chloé

OH. Mon. Dieu.

La langue de Seth s'engouffra dans ma bouche, il me goûtait sans relâche. Il m'explorait, ses baisers me possédaient. Ses doigts s'enfonçaient profondément en moi, sans préliminaires, il y allait franco, j'ondulais des hanches, j'avais besoin de le sentir. Encore et encore.

Je sentais Dorian derrière moi qui nous regardait, nous écoutait, sa présence et son empressement me faisaient me sentir belle, sexy, une vraie dépravée. J'aimais le savoir là, désireux de se joindre à nous, nous contempler, me dévorer des yeux. Je le sentais grâce au collier. Seth m'était familier, torride en diable, apaisant, Dorian était un magnifique extraterrestre à la peau dorée et aux cheveux blonds, comme un lion. Ses traits étaient plus marqués que ceux d'un humain, ses dents plus pointues et ses yeux ? Couleur de miel, perçants comme ceux d'un chat, son nez et ses joues étaient plus prononcés. Primitif et viril, je me sentais infiniment féminine en comparaison. Le désir franc et massif qui pulsait via le collier rajouta de l'huile sur le feu, je jouis en une fraction de secondes, mon corps ne m'appartenait plus. Je n'avais jamais vécu pareil orgasme, pas si rapidement, si facilement, avec autant de désir.

La main de Seth s'immobilisa, s'enfonça profondément, tenant mes cuisses grandes ouvertes tout en m'empalant sur ces gros doigts sans cesser de m'embrasser, son désir répondait au mien, je devenais accro.

Je parvins à libérer mon bras et enfouis ma main dans les longs cheveux blonds de Dorian et l'attirai contre moi, de façon à ce qu'il plaque ses lèvres sur mon téton. Dorian poussa un gémissement, le bruit descendit directement dans mon clitoris, je criais, Seth me suçait, sa main libre se plaça sur ma cuisse et l'écarta en grand afin que Seth puisse amorcer son exploration.

Seth se recula. « Bouffe-lui la chatte, Dorian. Goûte-la. Je veux savoir quel goût elle a. »

Dorian poussa un grognement et abandonna mon mamelon pour effleurer mon flanc de ses lèvres. Il s'attarda quelques secondes en découvrant ma cicatrice de trente centimètres, un souvenir du passé, héritage des conneries de Bruvan, d'erreurs qui faisaient partie de ma vie. Il leva rapidement ma jambe et la fit passer par-dessus son épaule. Mon autre cuisse resta sur celle de Seth, j'avais le cul en l'air tandis que la bouche de Dorian se plaqua sur ma chatte, ma chatte bien humide que Seth doigtait toujours profondément, à me rendre folle.

Dès que Dorian fut en position, Seth glissa tout doucement ses doigts sur mon clitoris, tout en écartant mes cuisses pour son second.

Je croyais Seth très absorbé par l'instant présent mais je me trompais, ses doigts effleurèrent ma cicatrice, cette cicatrice sur laquelle Dorian ne s'était attardé qu'une petite seconde.

Ses doigts s'y attardèrent légèrement. Une onde de peine très protectrice s'empara du collier, je gémis en guise de réponse, les larmes menaçant de me submerger, tandis que j'avais de plus en plus de mal à gérer le tsunami émotionnel que ces deux mecs me faisaient subir à une vitesse et une intensité effrayante.

Seth continua son périple jusqu'à ce que sa main s'enfouisse dans mes cheveux, me maintenant en place tandis qu'il m'embrassait.

Je fondais, totalement envoûtée.

Dorian plaqua sa bouche contre mon sexe, sa langue s'introduisit profondément dans mon vagin, en ressortit pour mieux titiller mon clitoris. J'étais écartelée entre eux et n'avais pas d'autre choix que me plier à leurs désirs, me soumettre.

Je n'avais pas envie qu'ils s'arrêtent et pour être franche, j'en avais trop besoin.

Dorian me procura un second orgasme encore plus puissant que le premier. Mes doigts de pieds se crispèrent, je ne pus réprimer le long gémissement qui résonna dans la chambre lorsque Dorian referma sa bouche sur mon clitoris, le suça, tout en gardant ses deux doigts bien enfoncés dans mon vagin, je ne répondais plus de rien.

Seth interrompit son baiser avant que je revienne à moi. « Déshabille-toi Dorian, prends-la sur toi et baise-la. »

Dorian déposa des baisers à l'intérieur de mes cuisses, sa caresse était si tendre et attentionnée que je n'éprouvais aucune honte ni gêne face à ma réaction envers eux. Comment le pourrais-je alors que je connaissais absolument tout de leurs sentiments, de leurs désirs, grâce aux colliers ? Dorian secoua la tête, son nez effleura ma peau douce et sensible. « Non, Seth. De par les lois en vigueur sur Prillon tu es son mari Légitime, tu dois la posséder en premier, elle doit tomber enceinte de toi, je ne peux pas la pénétrer—

– Je ne suis pas un Prillon, Dorian, rétorqua Seth. Je veux te voir en train de la sauter. Quant à son cul ? Je vais m'amuser avec. »

Dorian frissonna mais ne répondit pas. Il se releva et se déshabilla en quelques secondes. Je contemplais ses abdos et sa poitrine musclés. Ses cuisses puissantes. Sa bite ? Mon dieu, mon sexe palpitait, je ne pouvais ôter les yeux de son membre bronzé. Je n'arriverai jamais à le prendre en entier, tous les deux ensemble.

Mais mon corps frétillait d'envie, j'avais trop hâte d'essayer.

« Chloé. Femme. Regarde-moi. » Dorian se leva, les mains sur ses hanches, tandis que je le contemplais, me rassasiais de son corps de rêve.

Je croisai son regard et attendis.

« J'ai envie de te baiser, Chloé. Je ne suis pas l'homme qui t'a été attribué mais ton second mari, un second époux que tu n'as pas demandé à avoir. Je veux savoir si telle est ta volonté. »

Je n'éprouvais pas la moindre hésitation, le rêve du centre de recrutement me revenait en force. Deux hommes, qui me désiraient, m'aimaient, me protégeaient, me *touchaient*. « Oui. Dorian. J'ai envie de vous deux. »

Il me prit des bras de Seth et m'attira contre sa poitrine. Ses lèvres s'emparèrent des miennes avec la même ferveur dont Seth avait fait preuve. Il était grand, immense. Mes pieds s'enroulèrent autour de ses genoux tandis qu'il me tenait suspendue contre son corps. Dorian devait mesurer au moins deux mètres dix, Seth aux environs de deux mètres. Dorian était immense, les épaules, la poitrine, ses mains recouvraient presque entièrement mon dos, je m'adonnais à son baiser, je goûtais mon désir sur ses lèvres.

Il me retourna mais je n'en fis pas cas jusqu'à ce que je m'aperçoive qu'il s'était assis, écartait mes jambes de part et d'autre de ses hanches. J'étais assise à califourchon sur lui, le gland de son énorme bite se pressait à l'entrée de mon sexe béant. Je me retenais, suspendue sur lui, mes mains fourrées dans ses cheveux, la tête rejetée en arrière, signe d'invitation flagrante. Je voulais qu'il suce mes mamelons pendant que je m'empalerais.

Ma demande fut inutile. Il se pencha et me cambra, supportant tout mon poids tandis que ses lèvres se refermaient sur mon sein.

Je touchai mes fesses, me libérant de sa poigne afin de placer sa bite pile dans l'axe. Je bougeai, une fois certaine qu'il ne pourrait plus s'échapper. Je m'empalai, centimètre par centimètre, son énorme sexe me dilatait, ça me brûlait, je me tortillais, je gémissais, je voulais le sentir encore plus profondément, qu'il m'écartèle, me pilonne.

Les muscles de mon vagin se contractèrent, je me

détendis, je pompais son sexe dressé jusqu'à ce qu'il soit installé à fond. Mes fesses reposaient sur ses cuisses, je l'accueillais le plus profondément possible.

Il lâcha mon sein, rejeta la tête en arrière et poussa un gémissement, s'agita sur le lit, ondulant des hanches afin d'être bien au fond.

Je passai mes mains autour de son cou afin de le maintenir tandis qu'il s'agitait sous moi, le corps dur comme de la pierre, son sexe me pénétrait, c'était limite douloureux. Il s'arrêta net alors qu'il était sur le point de jouir, et écarta mes fesses, je poussais un cri en sentant quelque chose de chaud et humide se presser contre mon anus.

« Ton cul nous appartient, Chloé. On va baiser ta chatte et ta bouche à tour de rôle, tu nous appartiens désormais. » Seth s'agenouilla derrière moi et concentra toute son attention sur mes fesses que Dorian tenait bien écartées. J'aperçus en me tournant une boîte remplie d'un assortiment de plugs anaux de tailles différentes. Il en prit un petit et me regarda d'un air interrogateur tout en enduisant cette zone sensible d'une substance chaude et huileuse. Il préparait le terrain.

Ses doigts me besognaient lentement, doucement, Dorian murmurait des mots doux tandis que je restais contre sa poitrine. « Détends-toi femme, laisse-le faire. Laisse-toi faire, on va bien s'occuper de toi. » Ses énormes mains caressaient mon dos, son sexe était toujours profondément enfoncé en moi. J'étais impressionnée par sa capacité à se retenir. Je doutais qu'il reste sans bouger si Seth n'était pas en train de s'amuser avec ses préliminaires anaux. Mon vagin se contractait sur la bite de Dorian.

Je croisai le regard de Seth et hochai la tête, fermai les

yeux et enfouis mon visage contre la poitrine de Dorian, je le respirais, le humais. Il sentait les sous-bois, le vent d'orage, une odeur indéfinissable, peut-être parce qu'il n'était pas humain, je me sentais en sécurité et protégée entre ses grosses mains chaudes et son odeur.

Aimée.

Seth fit lentement pénétrer le plug, déflorant mon orifice étroit avec un petit "pop" qui me tira un cri. Je m'agitai afin de m'habituer à la nouveauté et la légère brûlure.

Et après ?

Ce fut volcanique.

J'étais bourrée à fond, la bite de Dorian se retrouva comprimée dans mon sexe humide et avide. Je poussai un gémissement tandis que des terminaisons nerveuses inconnues s'éveillèrent en un éclair, répondant à un désir frénétique. Seth se délectait de mon corps, son désir et la satisfaction très primitive qu'il ressentait me faisaient sentir belle et séduisante. Nous éprouvions un plaisir réciproque.

« Mon dieu, Dorian. » Je le suppliai, il répondit en me soulevant de sur son torse et en me plaquant étroitement contre lui.

« Retourne-la, » ordonna Seth.

Il n'attendit pas que Dorian s'exécute, me souleva tout simplement et me retourna avant que je regarde devant moi, et m'abaissa de nouveau sur Dorian. Il me maintenait en place par une sorte d'accord tacite, Dorian plaça sa bite devant mon vagin et m'empala, me pénétra. Cette position était l'Andromaque mais je doute que la femme se faisait sodomiser par un plug tout en ayant un autre homme face à elle. Vu de derrière, le plug était plat à la base, mais lorsque je me pressais contre le ventre de Dorian, que sa bite me pénétra bien à fond, j'eus l'impression d'avoir deux bites qui me sautaient, me pénétraient à fond.

J'avais les yeux fermés, ma voix n'était qu'un murmure guttural inconnu, dont je ne me croyais pas capable. Dorian tenait mes hanches, me soulevait du lit, me baisait tout en étant allongé tandis que Seth s'agenouilla devant moi. Il prit mes tétons en bouche, ses doigts trouvèrent mon clitoris, me branlait, déclenchant orgasme après orgasme tandis que Dorian me prenait par derrière.

L'orgasme de Dorian me procura un autre orgasme, sa queue énorme pulsait en moi, ses émotions me submergeaient telle une vague. Je gémis et me laissais porter au gré du courant, mon corps ne m'appartenait plus.

Une fois terminé, il me libéra et m'allongea sur le matelas confortable, Seth se leva d'entre mes jambes tel un dieu de l'Antiquité.

« Regarde-moi, » dit-il d'un ton impérieux.

Je repris mon souffle et croisai son regard. J'attendais. Je voulais le sentir en moi, qu'il me baise, me fasse sienne, j'avais autant envie de lui que de Dorian.

Sans me quitter des yeux, Seth m'immobilisa, me força à accueillir ses coups de boutoir tandis que ses hanches se pressaient contre moi, qu'il me pilonnait avec sa grosse bite.

J'ondulais des hanches pour me plaquer aux siennes, j'écartais grand les cuisses pour l'accueillir plus profondément. Il était énorme, j'avais toujours le plug anal, Dorian nous regardait, assis à nos côtés. Je me sentais belle et désirable.

« Tu es à moi, Chloé, murmura Seth, ondulant des hanches à une cadence plus soutenue.

– Oui. » Il n'y avait rien d'autre à dire tandis que Seth se retirait pour me pénétrer violemment.

Il s'écroula sur moi, entrelaça ses mains aux miennes, me pompant jusqu'à ce qu'on jouisse à l'unisson.

Une fois terminé, mes époux s'allongèrent à mes côtés, posèrent leurs mains sur mon corps. Ils me couvraient, me possédaient, Seth remonta la couverture et nous plongeâmes dans le sommeil.

6

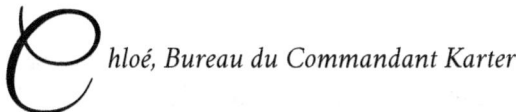

hloé, Bureau du Commandant Karter

ÇA ME FAISAIT TROP drôle de me retrouver dans le bureau du commandant sans l'uniforme de la Coalition. Je portais une simple tenue noire, pantalon et haut moulant à manches longues, doux et confortable. Plus d'armure ni de holster. Je me sentais plus nue que tout à l'heure lorsque je hurlais de plaisir, prise en sandwich entre Seth et Dorian. Sans relâche

Ils m'avaient quasiment séquestrée dans leurs appartements au cours des deux derniers jours. M'avaient déshabillée, baisée, m'avait nourrie de chocolat et de fruits exotiques extraterrestres que je n'avais jamais goûtés, avaient fait ma toilette et remis le couvert. Je ne m'étais jamais sentie aussi choyée de toute ma vie.

Mon sexe était quelque peu endolori—ils étaient montés comme des taureaux et avaient pris tout leur temps— mes tétons pointaient contre mon soutien-gorge militaire. J'avais comme l'impression qu'ils s'étaient retenus, il ne faisait aucun doute qu'ils ne tarderaient pas à se lâcher, à devenir plus sauvages, plus exigeants, moins précautionneux envers leur fragile et précieuse épouse.

J'avais trop hâte.

Mon dieu, ça faisait deux jours à peine que je m'étais installé dans ce fauteuil sur Terre ? Et voilà où ça m'avait menée. J'observais l'impressionnant Prillon commandant tout le bataillon.

Comblée sexuellement parlant.

Mariée.

Je sentais le poids du collier autour de ma nuque, il n'était pas lourd, il était... là. Tout comme les émotions de Seth et Dorian. Je m'étais sentie connectée à eux dès que le collier s'était refermé, comme jamais je ne m'étais sentie liée à personne avant sur Terre, c'était inexplicable. Sur un plan purement psychologique du moins, c'est comme si nos cerveaux étaient branchés sur le même réseau. Je ne pouvais pas lire leurs pensées—tant mieux vu la tête qu'ils faisaient—je ressentais leur colère, leur frustration d'avoir été convoqués dans le bureau du Commandant. Probablement parce qu'ils avaient passé leur temps à baiser.

« C'est vous qui nous avez demandé de réintégrer le vaisseau dare-dare pour prendre femme, Commandant. Nous demander de la quitter quelques heures à peine après avoir fait sa connaissance aurait paru déplacé, » lança Seth d'un ton respectueux mais nonobstant ferme.

Le Commandant Karter se leva de son fauteuil et s'appuya contre son bureau. « C'était avant que je connaisse l'identité de votre femme. Que faites-vous là, Capitaine ? » demanda-t-il à Dorian.

« Je suis le second du Capitaine Mills, Commandant. Chloé est notre épouse.

– Oui, je vois vos colliers effectivement. » Le Commandant Karter me regarda. « Vous avez épousé une seule et même épouse, conformément au programme de recrutement, Seth Mills. Et vous voici en couple avec deux de mes combattants. Vous avez accepté cet arrangement ? » Il regarda délibérément mon collier tout en indiquant Seth et Dorian du doigt.

« Oui Commandant, » répondis-je. J'avais rêvé de deux hommes qui me plaisaient au cours du test. J'en avais épousé un. A moins que je n'ai été mariée à Seth et Dorian dès le départ sans le savoir ? Dans son subconscient, Seth considérait Dorian comme son second dès le début ? Je présumais que oui puisqu'ils m'avaient baisée encore mieux que dans le rêve. Pour une fois, la réalité avait dépassé la fiction à un point inimaginable. Je ne pouvais tirer un trait sur l'un d'eux. Et Seth et Dorian ? Je ne pourrais jamais épouser aucun autre homme après eux. Mon vagin se contracta en guise d'approbation.

Le Commandant Karter hocha la tête.

Seth avait l'air courroucé. « Puis-je m'exprimer librement Commandant ?

– Ne l'avez-vous pas déjà fait ? »

Oh, j'adorais ce mec. Il était sévère mais c'était loin d'être un con. Ce vaisseau semblait être très impliqué dans la guerre qui l'opposait à la Ruche et il n'avait pas de temps à perdre à bafouer les règles. Si c'était le cas, rien n'avancerait. Toujours s'adapter à la situation, rester au-dessus de la mêlée, être un bon chef. Contrairement à

Bruvan. Putain, ce mec était un chef merdique à la puissance dix. Ses décisions étaient basées sur son ego, et non sur mon intelligence. Il se trompait. Les gens mouraient. Notre vaisseau avait été touché, non seulement j'avais été blessée, mais envoyée à l'hôpital et on m'avait passé un savon mémorable pour tout ce désastre. Huit morts. Un vaisseau perdu. De la technologie perdue. On m'avait renvoyée chez moi tandis que Bruvan avait eu droit à une nouvelle équipe et un soutien hiérarchique.

La bureaucratie dans toute sa splendeur.

Non, le Commandant Karter était organisé et savait faire en sorte que ses gars connaissent le rôle qui leur était dévolu. Il devait toutefois encore leur accorder leur statut d'époux, ça viendrait petit à petit. Il me connaissait. Son grade de Commandant du Bataillon lui donnait accès à mon dossier complet. J'avais comme l'impression qu'il savait très bien où il voulait en venir, mes hommes ultra-protecteurs n'allaient pas être contents du tout.

Seth se dandinait d'un pied sur l'autre et poussa un profond soupir. Dorian nous dévisageait sans mot dire. Le Commandant était un immense Prillon.

« Nous ne nous attendions pas à devoir protéger notre femme d'un commandant, » lança Seth. Je voyais *bien* là leur côté protecteur.

Le Commandant Karter nous contempla tous les trois, s'appesantit sur nos trois colliers noirs et les visages sévères de mes maris et me lança un regard interrogateur. Je me contentai de hausser les épaules et... sourire. Si mes époux voulaient me prouver leurs attentions, pourquoi pas. A ma grande surprise, l'immense commandant

Prillon éclata de rire. « Elle n'a absolument pas besoin de votre protection. »

Mes deux compagnons se hérissèrent. Ouais, protecteurs. Possessifs.

« Que voulez-vous dire par là ? » demanda Seth.

Le Commandant Karter leva sa main. « Laissez tomber, Mills. »

Il s'attendait à ce que deux mâles alpha dominant obtempèrent en entendant ces deux petits mots. Je sentais leur colère gronder via les colliers, le commandant n'avait pas besoin de porter de collier pour la sentir à son tour. Je gardais le silence, ne pas sachant où il voulait en venir. J'avais appris, il y a bien longtemps, qu'il valait parfois mieux se borner à écouter.

« Votre femme n'est pas une simple Terrienne. C'est une combattante de la Coalition. Elle est largement qualifiée pour se débrouiller seule sur un cuirassé. » Il se racla la gorge et me regarda d'un air appuyé. « Et n'importe où dans l'espace.

– Nous savons qu'elle est un vétéran, répondit Seth. Mais nous ... hum, avons été trop occupés depuis son arrivée pour faire plus ample connaissance. »

Seth rougissait ou quoi ? C'était franchement adorable. J'aurais voulu me hisser sur la pointe des pieds et l'embrasser.

Le Commandant s'éclaircit la gorge, voyant très bien ce que Seth insinuait.

« J'ai étudié ses états de service pendant que vous étiez fort occupés. »

Nous y voilà ... A mon tour de rougir.

« J'ignorais que vous vous occupiez personnellement des épouses arrivant à bord du cuirassé, » ajouta Dorian.

Il s'appuya contre le mur, adoptant une attitude faussement décontractée. Il lui suffisait de lever le bras pour poser sa main sur mon épaule. Une seule pression et je serais sienne, sa main droite restée libre était prête à dégainer son pistolet laser.

« Pas moi. Le Programme des Épouses a fait son job. Son profil a matché avec le système de défense du vaisseau lorsque le docteur l'a examinée à son arrivée en salle de téléportation. Le docteur a jugé plus prudent de m'informer immédiatement de sa présence à bord de mon vaisseau. » Dorian tourna lentement son visage vers le sien. Je levais la tête bien haut … pour contempler son regard clair. « Pourquoi ton nom ferait retentir le système de défense ? »

Il ne s'adressa pas à moi sur le même ton que celui employé lorsque le commandant m'avait questionnée. Il s'était radouci ; je le sentais nettement grâce au collier.

Je m'éclaircis la gorge. « Désolée, Dorian, mais je n'ai pas le droit d'en parler. »

Envolées les tendres émotions. Je ressentis une violente frustration et reculai sur le champ. Pas en bien. Waouh, intenses les colliers.

Je frottai ma nuque. « Y'a moyen d'enlever ces trucs ?

– Non. » Seth se montrait très agacé par ma question, mais il fit en sorte de masquer ses émotions afin que je ne sois pas victime d'une explosion de rage très masculine.

Une ride se forma sur le front de Dorian. « Et pourquoi ? On ne va pas te juger, Chloé. On est tes maris. Nous t'appartenons corps et âmes. Tu peux tout nous dire.

– Elle n'a pas le droit de vous en parler parce qu'elle n'y est pas autorisée, lança le commandant derrière moi.

– Pourquoi nous avoir demandé de venir si elle ne peut rien dire ? demanda Dorian.

– Capitaines, j'ai demandé à voir le *Commandant Phan*, *votre* présence dans mon bureau n'était pas requise. J'ai un ordre de mission la concernant. Un poste de membre sous mes ordres.

– Pardon ? » demandais-je, mon intérêt piqué au vif. Oui ! Mon dieu, j'avais failli devenir folle ces mois derniers sur Terre. Les deux jours passés avec Dorian et Seth avaient été fabuleux. Torrides à souhait. Sexy. Magiques. Mais je ne pouvais pas baiser à longueur de journée.

Enfin, en théorie *oui* mais j'avais besoin d'autre chose. Tout comme mes époux.

Rester sans rien faire comme sur Terre ? En sachant que la Ruche gagnait du terrain ? Nous tuait, détruisait tout sur son passage. Je ne pouvais fermer l'œil, contempler les étoiles sachant ce qui se passait là-haut dans l'espace. Je regardais le commandant. « Je n'ai pas le droit de reprendre de service actif au vu de mes—je cherchais le terme approprié—antécédents. »

Le Commandant Prillon acquiesça, pas surpris. « J'ai pris connaissance de votre dossier. Je suis au courant pour le— il leva les yeux de son bureau un moment, cherchant quoi dire sans tout dévoiler. J'ai lu votre dossier. Vous ne retournerez pas sur le terrain. »

Je bondis de soulagement. Il connaissait mon passé, mes blessures de guerre, ce truc implanté dans mon crâne, il allait faire en sorte de profiter de la situation, et de moi. J'aurais voulu crier de joie mais c'était pas le moment vu le choc se lisant sur le visage de mes partenaires. « J'accepte. Merci, Commandant Karter.

– Excellent, Commandant Phan. » Il se leva, contourna son bureau et tendit son bras afin de me saluer guerrier à guerrier. « Vous serez la quatrième en termes de commandement au sein du Bataillon Karter. Vous me ferez votre rapport directement et rencontrerez dès demain matin le restant de l'équipe et les chefs des opérations.

– Commandant Phan ? Sérieusement ? hurla Seth comme s'il avait reçu un coup de fouet. T'es un commandant ? »

Commandant Karter croisa les bras. « Sur quel ton vous adressez-vous à votre épouse ? Je peux vous le répéter une troisième fois si nécessaire. En dehors de vos appartements privés, *Capitaines*, je vous conseille de vous adresser au commandant avec tout le respect dû à son grade d'officier supérieur.

– S'il s'agit d'une plaisanterie, Commandant Karter ça ne me fait pas rire. » Le ton employé par Dorian était étonnamment doux comparé au bombardement d'émotions fluctuant via le collier.

« J'étais commandant, » dis-je en tendant les mains devant moi pour calmer mes époux. Pffoouuuu. La testostérone c'était génial au lit, un peu moins lorsque leurs instincts protecteurs et vengeurs me tombaient dessus via notre toute nouvelle connexion. « *J'étais* commandant. »

Le Commandant Karter s'éclaircit la gorge et parla d'une voix forte. « Communication activée. Ici le Commandant Karter. Notez que le Commandant Chloé Phan est officiellement réintégrée en tant que membre active de la Flotte de la Coalition, en tant qu'officier supervisant l'équipe des Patrouilleurs et Informateurs. »

Mes partenaires se décomposèrent en le voyant sourire, il s'amusait apparemment beaucoup. « Vous *voici* commandant, Dame Phan.

– Dame Mills. »

Le commandant les rembarra. « Non, pas encore. Le collier est encore noir, messieurs. »

Seth parla d'une voix froide et calme. « Elle ne peut cumuler les fonctions d'épouse et combattant de la Coalition. C'est notre femme.

– Je connais parfaitement les règles, Capitaine, répondit le commandant. Toutefois, ce poste implique que le personnel militaire actif combatte sur le terrain. Obéir à mes ordres à bord du Karter ne constitue pas une position de combat avancée. »

Seth traversa la pièce et prit place aux côtés de Dorian afin de mieux me voir.

Je portai ma main à mon cou. « Essayez de contenir vos émotions vous deux. Je sais très bien que vous avez envie de me ramener dare-dare chez nous.

– Les colliers fonctionnent, c'est exactement ce que je suis en train de penser, » répliqua Seth. Une petite veine saillait sur sa tempe.

Je regardais le commandant. « Je serai sur le pont demain à la première heure Commandant.

– Parfait. Vous pouvez disposer. »

Je m'approchai de la porte qui coulissa, mes époux me bloquèrent le passage. Ils me scrutèrent de la tête aux pieds et jetèrent au coup d'œil au commandant., Dorian me prit sur son épaule sans un mot, pivota sur ses talons et s'éloigna à grandes enjambées dans le couloir en direction de nos appartements. Inutile de mentionner notre destination, je la connaissais.

« Tu vas tout nous dire et te soumettre à nos quatre volontés une fois rentrés, autant te tenir prête, lança Seth.

– Impossible. » C'était la stricte vérité.

Dorian me donna une tape sur les fesses et prit mon cul dans ses grosses mains. « Je déteste ça. Si tu persistes, on te baisera jusqu'à ce que tu saches même plus où t'habites. »

Ok.

7

Chloé, Quartier des Combattants Mariés de la Coalition

« T'ES COMPLÈTEMENT DINGUE, » dis-je une fois que Dorian m'eut posée et Seth ait dûment verrouillé la porte de nos appartements. Cette mesure était complètement superflue, je ne comptais pas m'enfuir, mes immenses partenaires m'en empêcheraient de toute façon.

« Peut-être, mais découvrir que notre femme est un *commandant* des Services des Renseignements est pour le moins perturbant, lança Dorian en ôtant son tee-shirt faisant office d'armure.

– J'avais pas l'intention de vous le cacher, » répondis-je en pivotant sur mes talons, je me dirigeai vers la table de cuisine et effleurai la douce surface métallique. Je ne voulais pas les regarder dans les yeux, je les *sentais*, c'était déjà amplement suffisant.

« A poil, Commandant, » ordonna Seth, bien campé

sur ses pieds, les bras croisés sur sa large poitrine.

Je le regardai *enfin*. Dorian retira son holster et posa lourdement son arme sur la table. Son torse était hâlé, ses cheveux blond clair. Je me souvenais de leur douceur, de sa peau chaude, de ses muscles bandés.

Je me contractai mais me détendis immédiatement en sentant le désir pulser dans mon collier, je poussai un petit gémissement. Il ne donnait pas d'ordres comme un combattant de la Coalition. Il était dominateur, la porte était fermée—non, pas fermée, verrouillée.

Mon mari exigeait de moi que je me déshabille.

Les mains tremblantes—non de nervosité mais de ce désir qui battait dans veines et m'empêchait de me concentrer—j'ôtai ma chemise en la faisant passer par-dessus ma tête et enlevai mes bottes.

Je relevai les yeux, Dorian était nu. Bronzé, musclé, bien monté. Je me léchai les lèvres, j'avais hâte. J'avais envie de le prendre dans ma main, mes doigts en faisaient à peine le tour. Je savais l'effet que ça me faisait de le sentir en moi, son énorme gland dilaté touchant toutes mes zones érogènes. J'avais envie de lui.

Dorian déboula dans la chambre, je contemplai ses fesses parfaites, ses hanches étroites, ses cuisses fuselées et musclées. Il me fit signe de le rejoindre sur le pas de la porte.

Il était totalement inutile de parler. J'avais l'impression d'être une épouse Atlan, le collier remplissait le même rôle que les fameux bracelets de mariage, ils nous empêchaient de nous éloigner les uns des autres, même sur de courtes distances, il m'attira vers lui.

Je fis un pas en avant mais Seth m'interrompit.

« Pas encore ma chérie. Je t'ai demandé de te

déshabiller. »

J'étais en slip et soutien-gorge, Seth n'avait pas fait un geste. Il me regardait comme s'il me voyait pour la première fois. Ça n'avait rien d'un striptease, loin de là. « Les vêtements et dessous renforcés n'avaient rien de glamour.

– J'ai pas besoin de te voir avec des dessous sexy pour bander, » répondit-il. Il posa sa main sur son sexe et se branla. Son membre protubérant se dessinait nettement sous son uniforme. « Il est à toi ma belle, il sera à toi si tu fais ce que je te dis, » dit-il en me décochant un sourire sexy.

J'avais simplement besoin de me foutre à poil ? Voilà, c'était fait.

Je me débarrassais du reste de mes vêtements qui s'amoncelèrent au sol et me plantais face à lui, l'air frais faisait dresser mes tétons.

Seth parcourut mon corps d'un regard torride, visiblement satisfait. « C'est bien, va voir Dorian, il t'attend. »

Je traversai la chambre en sentant les yeux de Seth posés sur moi, me suivant de près.

Dorian était assis au bord du lit, genoux bien écartés, sa grosse bite longue et épaisse était recourbée sur son ventre, une goutte de sperme luisait au bout de son gland.

« Tu es sublime, » dit-il d'une voix rauque en me reluquant de la tête aux pieds.

Je le savais sincère, ils aimaient ce qu'ils voyaient, ils me désiraient.

« T'es peut-être la plus gradée à l'extérieur de ces quartiers mon trésor, mais ici, c'est nous qui commandons, » répondit Seth derrière moi.

Je frissonnais en songeant à ces deux hommes en train de me dominer. Oh ils ne s'étaient pas privés pour mener la danse à chaque fois qu'on avait baisé mais ils ne l'avaient pas exprimé de vive voix. Je sentais leur domination et y succombais. Je *désirais* ardemment qu'il en soit ainsi.

Mais là c'était différent.

« Je ne suis pas devenue une épouse pour reprendre du service au sein de la Coalition. »

Dorian leva les yeux vers moi—pour une fois que je le dépassais—et secoua lentement la tête. « C'est complètement idiot. En te portant volontaire on t'attribue automatiquement un partenaire, même si c'est pas celui avec lequel tu es mariée. C'est comme ça et pas autrement.

– Sauf que là t'en as deux, » ajouta Seth.

Je pivotais, les mains sur les hanches. « Ah parce que vous croyez que je suis *plantée*, là, avec vous ?

– Non. » Seth effleura son collier. « Mais tu impressionnes d'autres mecs que tes propres partenaires. »

Oh. Je sentais une certaine fierté se mêler à un sentiment de frustration.

« Tu serais pas légèrement énervé ? » demandais-je, ne sachant pas si c'était du lard ou du cochon. Je me sentais ridicule, nue devant eux en train de parler de mes compétences de soldat mais il fallait que ça sorte. Il y avait un *truc* invisible, presque tangible...

« Ah putain oui.

– On n'est pas en colère contre toi, précisa Dorian. On est tes partenaires et on doit tout connaître de toi, ne plus avoir aucun secret, mais apparemment t'en as, et pas qu'un peu.

– Vous n'aimez pas qu'on vous ait caché quelque chose, j'avais raison, » répliquais-je. Ils se doutaient bien de quelque chose mais je faisais partie des Renseignements et à ce titre, n'avais pas le droit de parler.

« Exactement, c'est ce qui nous a agacé. Je ne m'attendais pas à ce que ma femme ait le même parcours que le nôtre, ait vu la mort, la destruction, le mal. Notre rôle est justement de t'en protéger, sauf qu'on peut pas. Karter entend te réincorporer, il va falloir qu'on se débarrasse de lui. »

Je me dirigeai vers Dorian et me plantai entre ses cuisses écartées. Mes seins arrivaient au niveau de son visage mais il ne les regardait pas, il soutenait mon regard de ses yeux clairs.

« T'es protecteur. »

Il acquiesça.

« Possessif. »

Seth se planta derrière moi, je sentis la froideur de son armure dans mon dos. « Tout à fait, répondit-il. T'as encore du sperme sur les cuisses. »

Dorian glissa sa main entre mes cuisses, enfonça profondément un doigt en moi, je poussais un cri. « T'en es pleine, ta chatte déborde, t'en as assez pour tomber enceinte alors tu imagines notre réaction quand on a appris que tu effectuerais des missions dangereuses pour la Coalition ? On est en colère effectivement, il est hors de question que notre femme—et notre enfant—courent un quelconque danger. »

Il ne cessait de me branler. Il avait raison, leur sperme facilitait ses mouvements. Il trouva mon point G et je poussais un cri, je me contorsionnais, je gémissais, j'étais à leur merci.

« Je serai ... derrière un bureau, ça n'a rien de dangereux, » hasardai-je.

Seth se pencha, écarta les cheveux de devant mon visage, sa bouche effleura mon cou. « Tu as accepté le collier et notre offre avant celle de Karter. Nous sommes ta priorité et nous allons te le rappeler séance tenante.

– Ok. » Que pouvais-je répondre d'autre tandis que Dorian me branlait au point de me faire atteindre l'orgasme ?

« Tu vas voir, tu sauras même plus où t'habites. » Dorian me regardait les yeux brillants de désir.

« Oui, » répondis-je, les yeux mi-clos, ivre de désir. J'avais envie d'eux, j'ondulai des hanches et m'empalai sur son doigt. Une fessée me fit sursauter, la douleur cuisante me fit pousser un cri, je me contractai sur le doigt de Dorian.

J'allais jouir.

Je succombai au plaisir dans toute sa splendeur, à la douleur procurée par la fessée, tout se mêlait en un plaisir langoureux qui me submergeait par vagues. J'avais les jambes molles, je pris appui sur les épaules de Dorian pour rester en équilibre.

Une autre fessée s'abattit alors que le plaisir allait en diminuant.

« On t'a permis de jouir, chérie ? »

Seth. Le fait de ne pas maîtriser d'emblée les coutumes prillons comme Dorian exacerbait peut-être son côté dominateur. Il était comme ça, point barre. Il voulait tout régenter, pas seulement parce que ça lui plaisait mais parce qu'il *savait* pertinemment que j'aimais ça.

Bon sang, une bonne fessée m'avait conduit tout droit à l'orgasme. Je n'avais jamais reçu de fessée et ne savais donc pas à quoi m'attendre. Mais avec Seth ? Je cambrai mes fesses en arrière, autant que faire se peut vu que je me faisais toujours doigter par Dorian.

Il retira son doigt et le suça.

La main de Seth s'abattit sur ma fesse, je poussai un nouveau cri, mes seins ballotèrent sous l'impact. « T'aime ça ma chérie ? Inutile de parler, on le sent grâce aux colliers. On sent ton corps torride, ta chatte humide, t'as joui parce que t'as eu mal. »

Dorian contempla mon visage en souriant. « Penche-toi et suce-moi. »

Seth rigola, il sentait cette vague de désir qui nous parcourait tous les trois en entendant les paroles de Dorian. Je léchai mes lèvres sans m'en rendre compte.

J'obéis à Dorian, plaçais mes mains sur ses cuisses et me penchai. Sa bite était là, devant moi, je suçai son gland comme une sucette et léchai son sperme.

« Je vais pas tenir longtemps entre ton goût sur ma langue et toi qui me suce. »

Les paroles de Dorian me tirèrent un sourire tandis que j'engloutissais son gland. Une sorte de super pouvoir s'empara de moi, du moins jusqu'à ce que Seth me donne une autre fessée, je lui faisais une gorge profonde.

« Putain, » grommela Dorian. Je sentais son plaisir tandis que je l'avalais et le suçais plus avant.

Je reculai afin de reprendre mon souffle. Seth s'écarta. Je ne pouvais pas le voir vu la position dans laquelle j'étais et me focalisais sur la queue de Dorian. Si j'arrivais à le faire jouir ça prouverait que j'en étais capable, que j'en avais le pouvoir.

« Tu veux avoir le dessus, dit Seth en revenant dans la chambre. Je le sens, tu veux faire jouir Dorian pour prouver quelque chose, non pas pour lui donner du plaisir. »

Vraiment ?

Je reculai complètement et le contemplai. Il fourra ses doigts dans mes cheveux pour me forcer à rester à en place.

« Je voulais te faire jouir, avouais-je.

— Pourquoi ? insista-t-il.

— Pour prouver que j'en étais capable. »

Il m'adressa un doux sourire, me fit tomber à la renverse sur le lit, me tira par la nuque afin de m'embrasser. Je sentis mon goût sur sa langue, nos saveurs salées et musquées se mêlaient. C'était puissant.

Il recula, plongea ses yeux clairs dans les miens, nos lèvres se touchaient presque. « On se retient, non pas parce que nous sommes plus forts que toi, mais parce que tu es un cadeau du ciel. Quand tu me suces, ta bouche me procure du plaisir, tu es à notre service.

— Ça s'appelle de la soumission, » soufflai-je tandis que je sentais l'excitation croître entre mes jambes. Oui, j'avais envie d'être dominée, j'avais une envie folle de le sucer.

« On va te délester de tes craintes, de tout ce qui te pèse. Tu n'as qu'une seule chose à faire, obéir, te soumettre, dit Seth.

— Ressentir, ajouta Dorian.

— Oui, » répétai-je, un désir douloureux s'emparait de mon sexe. Mon clitoris palpitait.

« Oui monsieur, » précisa-t-il. Ou 'oui mon mari', point final. »

Sa voix grave me faisait encore plus d'effet que le fait d'être entre eux. J'étais face à un commandant ayant des aspirations professionnelles me concernant. Un rôle prépondérant que je n'avais pas demandé d'assumer et qu'on m'avait forcée à accepter. J'en avais très envie. J'avais tant envie de me sentir utile. Me sentir désirée me donnait le tournis.

Mais il s'agissait d'un combattant. Un spécialiste du service des Renseignements.

Ce qui n'était pas mon cas. Mon nom aurait pu être échangé avec n'importe lequel des membres de mon équipe, Karter aurait été tout aussi content de l'avoir à son bord.

Mais Seth et Dorian me désiraient. Moi et *moi* seule !

J'étais mariée avec eux, je leur appartenais. Me soumettre à leur domination n'était pas un choix, c'était inconscient. Je n'avais pas besoin de prouver quoique ce soit à Dorian en lui taillant une pipe d'anthologie. Il jouirait à coup sûr. Mais si je lui offrais ma bouche, ma langue, ma gorge, il éjaculerait. Lui faire une fellation équivalait à un cadeau. Hors de nos appartements, j'étais le Commandant Phan. Mais ici, nue, vulnérable j'étais leur femme, Chloé Phan. Ils n'exigeaient de moi que ce que je voulais bien leur donner, et rien d'autre. Ils voulaient le plus précieux des cadeaux, le plus difficile à donner mais le plus précieux à recevoir. Ma volonté.

« Oui monsieur, » dis-je en croisant le regard de Dorian et en hochant brièvement la tête en direction de Seth. « Oui, mon mari. »

Je sentis un frisson, la chaleur, le désir circuler via nos colliers ainsi qu'une forte d'autorité.

Non pas la mienne.

La leur.

Je n'avais pas besoin de m'inquiéter de travailler pour la Coalition ni du contenu de mon dossier. Ou de Bruvan.

Ou d'être reconnue en tant que décrypteuse, des vies étaient en jeu, ce bébé. Je n'avais à m'occuper de rien, hormis de ce que Dorian et Seth me diraient.

« Taille-moi une pipe. »

Je me baissais vers la queue de Dorian le cœur léger, l'esprit ouvert, ne souhaitant que lui procurer du plaisir.

« Oui comme ça c'est bien, t'es une gentille fille. »

Seth glissa sa main entre les replis de ma vulve, mes lèvres glissantes et humides indiquant que j'étais prête. La sensation m'arracha un cri, Dorian poussa un grognement.

Il se fichait de branler de ma chatte, tout ce qu'il intéressait c'était enduire mes fesses de mes fluides, de manière à ce que son doigt puisse s'enfoncer sans effort dans mon orifice lorsqu'il écarterait mes fesses.

Je n'avais pas à m'occuper de ce qu'ils étaient en train de faire, je devais simplement ressentir. J'empoignai la base du sexe de Dorian—mes doigts n'en faisaient pas le tour—et le branlais en l'engloutissant le plus profondément possible.

Une giclée de lubrifiant froid coula le long de mon orifice, je sentis le doigt de Seth m'enduire avec et s'enfoncer profondément. Il rencontra une légère résistance qu'il franchit aisément. Dorian posa sa main sur mon épaule, ce qui me surprit. Je ne songeais qu'à sa grosse bite au gland dilaté dans ma bouche, au fond de ma gorge, à la respiration de Dorian, à lui et lui seul. A dessein.

« Je veux éjaculer dans ta chatte, je sais que t'as vachement envie d'avaler mais c'est le seul moyen pour que tu tombes enceinte.

– Oui, mon mari, » répondis-je en me souvenant de

ses paroles.

Il essuya mes lèvres humides, probablement rouges et gonflées, les yeux luisants de désir. Il voyait très certainement le doigt de Seth disparaître dans mon cul s'il baissait les yeux.

Seth s'agenouilla sans pour autant retirer son doigt ; il me dilatait, faisait en sorte que mon anus soit bien ouvert.

Dorian posa une main sur ma taille et m'attira lentement contre lui. « Empale-toi sur moi. »

Seth m'aida à m'installer bien à fond sur la bite de Dorian, sa main toujours appuyée sur mes fesses, son doigt profondément enfoncé en moi.

« Oh mon dieu, » dis-je, les yeux fermés. Cette double pénétration était intense. Le sexe de Dorian était si énorme qu'il me déchirait quasiment en deux. Et avec le doigt de Seth ? Je me sentais pleine.

Je sentis le désir de Dorian tandis que je me contractais sur lui, la satisfaction se lisait sur le visage de Seth en me voyant pleinement soumise.

« Chevauche la queue de Dorian, Chloé. Fais des va-et-vient, prends-le profondément, que son sperme gicle dans ton vagin. »

Seth était un vrai expert en paroles crues. Je ne m'étais jamais rendue compte à quel point le sperme d'un mec pouvait être chaud, maintenant qu'ils me possédaient, me marquaient, me *fécondaient*, comme disait Dorian. Ça ne m'avait jamais effleurée auparavant. J'aurais dû détester, mais non, j'allais jouir. Ils allaient éjaculer en moi, leur sperme pousserait en moi, croîtrait pour former un bébé, j'étais hyper excitée.

« Oui, » marmonna Dorian. Je ne m'étais pas rendue compte d'avoir prononcé ces derniers mots à voix haute.

« On va et baiser et éjaculer en toi jusqu'à ce que tu tombes enceinte. »

Seth enfonçait son doigt de plus en plus profondément, jusqu'à la garde et le retira, tel qu'il le ferait bientôt avec sa bite.

« T'as envie de jouir. Retiens-toi. »

Je poussais un gémissement. « Seth, s'il te plaît.

– Non. Tu dois attendre Dorian. »

Dorian m'agrippa fermement par les hanches et se mit à me faire faire des mouvements de va-et-vient à vive allure.

Il serrait les mâchoires et transpirait. Je sentais sa verge en érection gonfler tandis qu'il respirait par saccades

« Vas-y, » ordonna-t-il.

Seth retira son doigt et l'enfonça de nouveau. La douleur aiguë provoquée par cette dilatation m'excitait au possible. Je jouis en même temps que Dorian, mon cri résonna dans la chambre tandis qu'il enfonçait ses doigts dans mes hanches, en rugissant dans mon cou. « Oui, ta chatte déborde de mon sperme. »

Je sentais sa bite palpiter, son sperme chaud tout au fond de moi. C'était sauvage et brutal, débridé, charnel, primitif. J'adorais ça.

J'arrivais à peine à respirer lorsque Seth retira son doigt une bonne fois pour toute. Dorian continuait de me pilonner, ralentit et finit par s'immobiliser.

Il me fit descendre, son sperme coulait le long de mes cuisses. Seth me retourna et me fit asseoir sur ses cuisses. Je sentais son pantalon rêche sur ma peau sensible et son sexe contre mon ventre. Je ne me souvenais pas l'avoir vu le défaire et sortir sa bite, toujours est-il qu'il l'avait dégrafé. Il était tout habillé, seule sa grosse bite rose foncé pointait.

« A mon tour. »

Il me souleva, présenta sa bite devant ma vulve, m'empala sur lui profondément d'un coup d'un seul. J'étais tellement trempée par le sperme de Dorian que je n'eus pas mal mais la dilatation m'arracha un cri. Il me pénétra si profondément que j'en eus le souffle coupé. Seth posa une main sur ma hanche et nous fit rouler par terre, je me retrouvais sur le dos, lui sur moi. Sa bite me pénétrait profondément. Il se mit à imprimer des coups de pelvis en me regardant. Je me cambrais en sentant l'armure frotter contre mes tétons.

« Encore ? demanda-t-il.
– Encore. »

Il s'enfonça plus avant.

« Plus profondément ?
– Vas-y. »

Il me pilonna sauvagement.

Dorian s'agenouilla à côté de moi, attrapa mon genou et le remonta au niveau de mon oreille afin que je puisse accueillir Seth profondément. Juste ce dont j'avais besoin.

La fierté, le désir, un plaisir indicible et un sentiment de possession nous parcoururent. Il ne s'agissait pas de moi, de Seth ou Dorian, mais de nous.

Seth avait éjaculé, je débordais de sperme, mais ils n'avaient pas terminé pour autant.

Non. Ils avaient bien plus à prouver, j'étais certes un commandant, mais également leur épouse. Soumise à leur bon vouloir.

Je leur obéis toute la nuit durant, ils avaient raison. Obéissance rimait avec jouissance.

8

eth

J'ESCORTAIS ma femme dans le couloir pour son premier jour de travail auprès du Commandant Karter avec un sentiment d'inquiétude et de fierté.

Chloé arborait la tenue crème réservée aux civils, faisant ressortir sa peau mate et ses cheveux d'un noir de jais. Elle n'était pas maquillée—comme la majeure partie des femmes à bord—et n'en avait pas besoin d'ailleurs. Ces longs cils recourbés faisaient ressortir ses yeux verts. Je marchais sans parvenir à détacher mon regard de ses formes que j'avais caressées et embrassées la nuit dernière. Je n'arrêtais pas de penser à ce qu'on avait fait, à sa façon de s'abandonner complètement à nous. Je regardais ses galons de Commandant et son collier. Ma femme était Commandant, elle était plus gradée que n'importe qui au sein du bataillon, exception faite du

Commandant Karter et de quelques autres. Et dire qu'elle s'était retrouvée à genoux devant ses partenaires, laissant au vestiaire cette attitude rigide qu'elle adoptait une fois en uniforme.

Je l'avais prise nue et consentante, câline et soumise. Sortie de nos appartements, elle était en droit de me donner des ordres, de m'envoyer au casse-pipe comme n'importe quel autre commandant du vaisseau. Ça me faisait bander.

"Dommage que t'ais plus ce plug dans le cul," murmurais-je afin que seule Chloé puisse entendre.

Elle s'arrêta net et me regarda de haut. Oh oui alors, c'était un vrai regard de commandant. "C'est toi qui commandes en privé, Capitaine. Les chances que toi ou moi en portions un ici et maintenant sont réduites à néant."

Je bandais rien qu'en l'entendant parler. On l'avait sodomisée avec un plug, je l'avais pilonnée avec ma bite jusqu'à ce qu'il soit l'heure pour elle de partir au travail. Elle avait raison, je n'avais pas à lui rappeler ce qu'on avait fait tout à l'heure, qu'elle nous appartenait à Dorian et moi. Ça ne se reproduirait pas.

Elle me donna un coup sur la poitrine, se dressa sur la pointe des pieds et murmura à mon oreille. « N'aie crainte. J'ai mal à la chatte. Je n'ai pas oublié à qui j'appartenais. »

Je me raclai la gorge et m'écartai tandis que deux Everians nous dépassaient. Ils saluèrent Chloé et poursuivirent leur chemin, ils n'avaient apparemment rien entendu de notre conversation.

« Parfait. » Je n'avais rien à ajouter, j'étais contraint de la suivre dans ce maudit couloir alors que je n'avais qu'une envie, l'attirer dans la première salle de maintenance venue et la sauter. Je lui pris le coude et la suivis dans le couloir.

J'ignorais quel rôle Chloé avait joué au sein du Service des Renseignements et je ne tenais pas à le savoir. Ça ne ferait que m'énerver et ne mènerait à rien, ou m'apaiserait. Elle ne s'occupait visiblement pas d'enfants en maternelle. Ça n'était pas un boulot pépère. Elle avait dû faire des trucs dangereux comme pas deux, je me serais certainement fait un ulcère si j'avais appris ce à quoi elle avait été confrontée par le passé.

Nous serions bientôt sur site, je savais que c'était mon dernier moment d'intimité avec elle avant un bon moment. Je partirai bientôt en mission de reconnaissance. Je n'avais pas de temps à perdre, je ne pouvais pas partir sans la goûter une dernière fois, la quitter en lui laissant autre chose que cette sensation qui perdure après une longue nuit passée à baiser. Je me fichais qu'on passe à côté d'Everians ou de qui que ce soit d'autre. C'était ma femme et je lui procurerai ce dont on avait tous les deux besoin avant notre séparation.

Je m'arrêtai net, la plaquai contre le mur et dévorai sa bouche. À mon grand soulagement, elle passa ses bras autour de mon cou et enfouit ses doigts dans mes cheveux. Elle était aussi perdue que moi. Elle se colla contre moi comme je m'y attendais et comme j'en rêvais depuis qu'elle était entrée dans ma vie. Elle m'embrassa avec une passion et une avidité semblable à la mienne.

« Fais attention à toi si jamais tu pars en mission pendant que je suis en poste. T'as intérêt à revenir, Seth, murmura-t-elle contre mes lèvres.

– Promis. » Nous nous regardâmes un long moment.

Je ne pouvais pas lui faire de fausse promesse, on savait tous les deux que la guerre et l'amour ne faisaient pas bon ménage. Nous étions en guerre. Et je lui avais dit ça parce que j'étais sincère. Si je partais en mission, j'affronterais la Ruche et ferais mon possible pour lui revenir. J'effleurai sa lèvre inférieure et déposais un baiser sur ses lèvres. « Sois sage. »

Elle partit d'en rire sardonique. « C'est une promesse impossible à tenir. »

J'enfouis ma main dans ses cheveux à la base de sa nuque et tirai dessus pour l'empêcher de bouger. Je sentais son excitation monter douloureusement via les colliers. Il était inutile d'en rajouter, ni de lui rappeler qui était son maître. Elle fondait littéralement, se soumettait si joliment que mes instincts protecteurs refirent violemment surface. Je l'embrassai une dernière fois sauvagement. « Je t'aime Chloé. Je sais qu'il est probablement trop tôt pour te le dire mais je voulais que tu le saches au cas où— »

Elle posa un doigt sur mes lèvres et m'interrompit. « Ne dis rien. Je t'aime aussi. » Elle disait vrai, je le sentais via mon collier, dans mon cœur, dans mes moindres cellules. Le lui entendre dire me procurait une détermination sans faille, j'étais sûr de lui revenir. Nous n'allions pas en rester là, la Ruche ne me l'enlèverait pas.

Nous marchâmes les doigts entrelacés jusqu'au poste de commandement. La porte coulissa sur le Commandant Karter, bras croisés, l'air sévère. Il avait l'air ravi de la voir … ça m'inquiétait.

« Soyez la bienvenue au poste de commandement, Commandant Phan. » Le Commandant Karter leva les bras et intima le silence. « Officiers, je vous présente le

Commandant Phan, anciennement au Service des Renseignements. Elle est des nôtres et a des années d'expérience en tant que combattant, bien que n'étant pas un commandant militaire. Elle est ici en tant qu'Epouse Interstellaire, je lui ai accordé le rang de Commandant Civil. Vous exécuterez ses ordres avec le respect dû à son rang. » Il se tourna vers nous, tendit la main et indiqua un fauteuil placé devant un réseau complexe de communications. « Voici votre poste, Commandant. »

Elle serra mes doigts, je l'enlaçai, me fichant complètement des regards et murmurai à son oreille, « Je t'aime, Commandant. Fais attention à toi.

– "Je t'aime aussi. Et maintenant file, Capitaine, j'ai du boulot. » Son sourire me redonna le mien. Je m'inclinai respectueusement devant le Commandant Karter et tournai les talons.

Chloé était tout feu tout flamme, j'aimais tout ce qu'elle incarnait.

La porte se referma sur nous, je retournai dans nos quartiers. Je devais me doucher et me préparer pour la journée si jamais on m'appelait. J'aurais pu rester à attendre Chloé, à me morfondre tel un parent attendant son enfant son premier jour de maternelle. Je dois avouer que j'étais totalement sous le charme. Dorian aussi et il n'allait pas s'en plaindre, nous étions probablement les deux seuls mecs combattants amoureux d'un Commandant.

Je souris en accélérant l'allure. Chloé n'était pas la seule à avoir du taf.

Dorian

Je fus réveillé par le martèlement des bottes de Seth. Il passa la porte par l'entrebâillement de la porte de la chambre.

« Où est Chloé ? demandais-je en constatant que j'étais seul au lit.

– Je viens de la déposer à son poste. Tu dormais comme une souche.

– Chloé m'a épuisé. » Je ne pus réprimer son sourire ni empêcher ma bite de s'agiter. « Pourquoi tu te recouches pas ? »

Il me regarda d'un air perplexe et secoua la tête. « Je ne partage le lit avec toi que si Chloé est au milieu.

– J'arrive pas à croire que notre femme effectue son premier jour de boulot en tant que Commandant Phan, répondit Seth. Et non pas en tant que Dame Mills. » J'éprouvais une certaine amertume.

Je sautai du lit, ramassai mes vêtements et les enfilai. « On va pas lui reprocher de mener une brillante carrière. »

J'étais fier d'elle, mais ça ne voulait pas dire pour autant que Seth et moi étions disposés à la voir combattre. Ce n'était heureusement pas le cas. J'étais pour une fois agréablement surpris par les règles en vigueur au sein de la Coalition.

« Je déteste le fait d'ignorer son passé. C'est comme si on occultait carrément quatre années de sa vie. » Il défit son holster et posa son pistolet laser sur la table.

Il était grognon comme pas deux ce matin. On avait baisé toute la nuit comme des lapins, Seth aurait dû se montrer un peu plus content que ça. Il n'avait pas l'air épanoui et se comportait comme un gamin à qui on aurait chipé son jouet.

« Bordel, impossible de débander, je l'ai embrassée dans le couloir, je pourrais à nouveau m'la taper. Je peux pas assister au briefing dans cet état. Tant pis, ils se passeront de moi. »

Je le comprenais. Je bandais comme un taureau ce matin, j'aurais largement pu la sauter. On l'avait baisée comme des dieux, elle avait adoré ça. On avait passé la nuit à la dominer, je dis à Seth. « Elle doit se tortiller dans son fauteuil.

— J'ai enlevé le plug avant qu'on y aille. »

Je l'imaginais avec un plug dans le cul, en train de se faire dilater pour la prochaine sodomie, du sperme s'écoula de mon gland. « Je serais surpris qu'elle marche droit. »

Seth rigola. « Elle m'a dit qu'elle avait mal partout. »

Je poussai un gémissement. Elle n'était pas la seule, j'avais mal aux couilles et ne voyais pas l'heure de décharger en elle.

« Je vais me doucher et me branler avant toute chose. » Il retira sa chemise, la jeta par terre et sortit de la chambre. J'entendis l'eau couler dans la salle de bain. Il n'avait pas le cœur à la fête, je ne pouvais pas le blâmer. On avait épousé une femme docile qui n'était pas dans notre lit. Et non, il avait fallu que Seth épouse la seule femme Commandant soumise et fougueuse de cette putain de la Coalition.

Elle était parfaite, elle avait du caractère, était indépendante et culottée. On adorait ça, on n'avait qu'une envie, la dominer.

On veillerait sur elle tout en la laissant faire son job. Quand elle aura terminé, on la foutra à poil contre la porte, elle laissera son grade de Commandant aux vestiaires et on fera en sorte de lui changer les idées.

« Grouille-toi, criai-je depuis la chambre. J'ai envie de la voir. Rien à foutre de Karter. »

Seth passa la tête par la porte de la salle de bain. « Même pas en rêve. Crois-moi. C'est la grève du sexe. On va devoir faire avec. On peut pas débarquer au poste de commandement comme si Chloé nous tenait par les couilles. »

Merde, il avait raison.

« Ok, » répondis-je à contre-cœur. Je m'emparai de mon oreiller, l'arrangeai à ma guise et le plaçai sous mon ventre. Merde, ma bite m'empêchait de m'allonger à plat ventre, je me tournai sur le côté. « Je vais dormir. Je suis sûr qu'ils ne tarderont pas à m'appeler. »

9

J'ÉTAIS ASSISE à mon poste depuis plusieurs heures, j'écoutais des hautes fréquences et décelais des anomalies. Mes quatre ans d'expérience me revenaient peu à peu. J'y arrivais à nouveau, le neuro-processeur expérimental implanté dans mon crâne remplissait son office mais c'était moins pratique sans casque. Il n'y en avait pas à bord du Karter. On ne m'en avait pas parlé, je supposais que personne ne connaissait cette technologie ici. Divulguer une information top secrète n'était pas de mon ressort et n'aurait pas fait honneur à rang.

Peu importe, j'y parviendrais quoiqu'il m'en coûte.

J'étais tout excitée d'être à mon poste, d'être un membre à part entière de l'équipe. Je détestais rester inactive et soulagée de savoir que j'avais trouvé ma place au sein du cuirassé, à un poste qui me plaisait. J'aidais à combattre la Ruche.

Et satisfaire mes partenaires en même temps. Pas seulement sur le plan sexuel, ce qui était déjà prodigieux en soi mais émotionnellement parlant. Je savais ô combien ils détestaient me voir partir en mission. Je le sentais grâce au collier, je l'avais vu dans leur comportement face au Commandant Karter hier. Ils l'avaient verbalisé. J'avais fait un compromis, en leur demandant de veiller sur moi. Ils m'avaient procuré ce dont j'avais besoin en retour. Un lieu sûr où baisser les armes, me sentir protégée et cajolée, être moi tout simplement, Chloé Phan ou Dame Mills, et non un commandant. C'est moi qu'ils avaient épousé, non pas un officier gradé.

Le ronronnement constant et l'activité rassurante régnant au poste de commandement m'avait manqué. La routine de cette machine bien huilée, des officiers qui se connaissaient si bien qu'ils étaient à même d'anticiper, d'un simple battement de cil, en pleine tourmente.

Le Commandant Karter se tenait imperturbable, semblable à une statue de marbre, au centre de la pièce. Je connaissais cette aura de commandement qui se dégageait de lui dès que ses équipes se mettaient au travail. Il incarnait ce dont l'équipe et moi-même avions besoin.

Je me concentrais sur le pupitre de communications. Ça faisait la troisième fois que j'enlevais, agacée, mes écouteurs obsolètes lorsque je vis le Commandant Karter planté devant moi avec une petite boîte que je connaissais bien. Je poussais un cri. C'était pas si top secret que ça apparemment. "Vous avez eu ça comment ?

– J'ignore de quoi vous parlez Commandant Phan, répondit-il d'une voix grave.

– C'est bien ce que je crois ? »

Le Commandant Karter déposa la petite boîte délicatement devant moi, comme s'il connaissait la valeur de la technologie qu'elle renfermait. « Je ne suis pas au courant, Commandant. Je suis persuadé que le Docteur Helion, du Service des Renseignements, non plus. » Il haussa un sourcil en souriant et me décocha le clin d'œil le plus étrange jamais vu chez un guerrier Prillon.

Je lui rendis son sourire et ouvris la boîte les mains tremblantes, il s'agissait de mon ancien casque des Renseignements, le plus avancé de toute la Flotte technologiquement parlant, si rare que personne hors de ma division n'en avait jamais vu, pas que je sache du moins. Mais le Commandant Karter semblait être en mesure de transgresser les règles en ma faveur. Il se racla la gorge. « Ça vous facilitera la tâche. »

J'acquiesçai, posai l'étrange oreillette au sein de mon oreille, attendis le déclic métallique et le ronronnement familier établissant la connexion avec le neuro-processeur implanté juste sous la surface de mon crâne. J'étais un vrai ordinateur ambulant.

Le système amplifiait les basses fréquences humaines et ralentissait afin de me permettre de décrypter les codes de communications de la Ruche. J'avais l'impression d'avoir allumé la radio et d'être tombée sur ma chanson préférée. « Oui Commandant. »

Il hocha la tête, visiblement satisfait. C'était pas étonnant. Ma division au sein des Renseignements possédait une douzaine de décrypteurs tels que moi. Cette guerre sans fin concernait des centaines de galaxies et de planètes de la Coalition. « Vous seule y aurez accès, Chloé. Il sera mis en lieu sûr lorsque vous ne serez pas à votre poste. Vous me le remettrez à l'officier présent sur le pont à la fin de la journée pour être mis sous clé.

– Oui Commandant.

– Cet instrument n'existe pas et ne sortira pas de cette pièce. Vos maris ignoreront son existence. »

Je sursautai, comment osait-il imaginer que je puisse trahir un projet top secret, mais il est vrai que j'étais le seul commandant marié à des combattants. J'étais un personnage étrange, la connexion que je partageais avec Seth et Dorian ne l'était pas moins. Nous étions proches, peut-être trop, avec ces colliers. Il faisait bien de me prévenir, même si c'était superflu.

« Je comprends Commandant. » C'était vrai, cette technologie était dangereuse. J'étais très étonnée qu'ils l'aient confiée au Commandant Karter.

Mais il est vrai que les bataillons ne comptaient pas tous un ancien officier des Renseignements comme moi sachant s'en servir. Et tous les secteurs de la Coalition n'étaient pas en guerre contre la Ruche comme le bataillon Karter. Le secteur 437 était réputé pour être l'antichambre de l'enfer, les guerriers redoutaient d'y être affectés. Les seuls guerriers contents de s'y rendre étaient des assoiffés de gloriole ou des fous de la gâchette en quête de sensations fortes.

Ironie du sort, j'étais tout le contraire. J'étais heureuse comme jamais, ça n'avait rien à voir avec la guerre, mais à mes partenaires.

Je m'assis et me remis au travail, je déchiffrais à vitesse grand V. Le logiciel complexe utilisé par la Coalition pour les opérations standards pouvait décoder les fréquences habituelles des transmissions de la Ruche de vaisseau à vaisseau, ou dans l'espace. Mais les connexions internes de la Ruche était bien plus intuitives et beaucoup moins automatisées que prévu. J'avais immédiatement compris qu'hacker leur programme était impossible, il était beaucoup trop simple, trop illogique, trop humain.

Je me rassis dans mon fauteuil et poursuivis mon travail plusieurs heures durant, sachant mes maris occupés. Ça me faisait tout drôle d'être dans l'espace, maintenant que j'étais mariée.

C'était surprenant, je pensais tout le temps à eux. Dorian dormait. Ils m'avaient baisé jusqu'à l'épuisement. J'avais entendu sa montre biper pour une mission de reconnaissance. J'ignorais combien de temps il s'était absenté mais à son retour, il m'avait embrassée, enlacée et s'était rendormi aussi sec.

Seth était parti en mission avec la Patrouille de Reconnaissance 3 tandis que je travaillais. Je suivais son activité, j'entendais les rapports émis par le terminal de communications situé dans la pièce. Je saurais immédiatement si quelque chose arrivait à ReCon 3 ou Seth. Je réalisai que je risquais de passer beaucoup de temps dans cette salle, à attendre des nouvelles de l'un de mes partenaire, parti en mission.

Comment avais-je pu tomber amoureuse d'eux en à peine un jour ? C'était inexplicable, mais je connaissais la raison.

J'adorais leurs caresses, la fougue de Seth et l'étreinte très protectrice de Dorian, et pas seulement parce que je le ressentais via les colliers. J'effleurai le mien. J'étais devenue accro à leur force, leur attitude de mâles alpha dominants, leur façon de me toucher lorsque nous étions seuls. Voilà ce que j'éprouvais. Je n'avais jamais rien connu de tel. J'avais su dès le départ que cette histoire était unique.

Nous nous appartenions.

Un étrange bourdonnement résonna dans ma tête, je repris mes esprits et focalisais toute mon attention sur la mission qui m'était dévolue, écouter des hautes fréquences et essayer de décrypter la teneur des communications.

Mais ça ne *ressemblait* à rien de connu. On aurait dit qu'un canon avait explosé dans ma tête, la douleur me plia en deux. Je me penchai sur le pupitre de commandes en criant, ma tête tournait, on aurait dit qu'une tornade de lames acérées me vrillait le crâne.

Tout le monde se tourna vers moi, surpris. Il m'était impossible de relever la tête. La douleur montait crescendo, ne baissait pas d'un iota, j'avais l'impression d'avoir un poignard planté dans l'oreille, qui arrivait jusqu'au cerveau.

« Commandant Phan ? »

J'essayai de relever la tête, de me redresser. Je posai ma main sur le casque contenant le neuro-processeur avant que le Commandant Karter ne l'enlève de lui-même. « Non. Ne me touchez pas. »

Le Commandant était planté devant moi, mains sur les hanches, il n'avait pas du tout envie de rire. « Parlez. »

J'essayais, j'ignorais ce qui était en train de se produire. C'est comme si j'avais basculé sur la plateforme des communications de la Ruche. C'était tellement fort, tellement saturé, que j'avais l'impression d'être au beau milieu d'un concert de rock. Sauf que je ne pouvais pas enlever mes écouteurs. Et que j'étais en plein devant les enceintes. « C'est super fort.

– Commandant Karter, appelez un médecin. »

Le Commandant Karter se tourna et hocha la tête « Appelez-les. »

Un guerrier prillon que je ne connaissais pas fit le nécessaire. Son uniforme vert indiquait son rang. Derrière lui, une doctoresse humaine arborant un uniforme vert et des bracelets de mariage atlan essayait de contenir un Atlan que je n'avais jamais vu auparavant.

La doctoresse à l'écran nous regarda d'un air perplexe, elle était hors d'haleine, comme après un marathon. « La Ruche est en train de faire quelque chose, Commandant. Le Seigneur de guerre Anghar vient de s'asseoir dans son caisson ReGen en hurlant et en se tenant la tête. Il était inconscient jusqu'alors. »

Je pris appui sur mon coude pour mieux voir cet Atlan. La douleur me vrillait le crâne mais je m'y étais habituée, c'était devenu supportable.

Le Commandant Karter observa attentivement la doctoresse et l'Atlan, je me demandais s'il ne craignait pas que ce guerrier ne se transforme en bête. « Le Seigneur de guerre est porteur de nombreux implants de la Ruche ?

– J'en ai retiré le plus possible, dit péniblement la doctoresse. Il vivra avec...

– Est-il redevenu lui-même ? Est-ce encore le Seigneur de guerre Anghar ou un clone de la Ruche ? »

La doctoresse secoua la tête et passa sa main dans ses cheveux auburn. « Je l'ignore Commandant. Ça fait deux jours qu'il est inconscient dans le caisson ReGen. Il s'est réveillé d'un bond et nous a fichu une trouille d'enfer. Personne ne lui a parlé pour le moment.

– Il m'entend ? »

La doctoresse acquiesça. « Je vous le passe Commandant. » Elle se détourna de l'écran. « Seigneur de guerre Anghar, le Commandant souhaite vous parler. »

L'Atlan leva les yeux vers l'écran, tout le monde retint son souffle sur le pont, attendant de voir ce qui allait se passer. Avait-il encore sa tête ? Ou cette bête allait-elle réduire le vaisseau en pièce ? Il serrait les poings. « Je vous entends, Karter. » Sa voix rauque paraissait normale.

Le Commandant Karter se pencha, comme s'il pouvait s'approcher de l'Atlan. « Parfait. Rejoignez-moi sur le pont dans cinq minutes. » Il se tourna vers moi, inquiet. « Suivez-moi immédiatement dans mon bureau. »

Il entra dans la salle de réunion des officiers. Je me levai pour le suivre mais un vertige s'empara de moi, je dus m'arrêter un moment. Je posai mes mains sur le pupitre et retrouvai mon équilibre, tandis que le guerrier Prillon à côté de moi tendit ses mains pour m'aider, mais je le rembarrai.

« Ça va aller merci... » Je pris trois longues inspirations et ignorai la douleur. J'entrai dans la salle de réunion et pris place aux côtés du Commandant. Nous attendîmes en silence à la grande table ovale que la doctoresse et la bête répondant au nom d'Angh entrent. L'Atlan était si gigantesque qu'il bloquait presque le passage.

Le Commandant indiqua au Seigneur de guerre de s'asseoir tout au bout de la table. La salle se remplit en un clin d'œil de guerriers que je ne connaissais pas, leur insigne les identifiait clairement comme étant les officiers chargés de commander les différentes sections du bataillon.

J'étais le centre de toutes les conversations tandis que

la doctoresse faisait son rapport aux guerriers dans la pièce quant à l'état de santé du Seigneur de guerre. Il était d'un calme olympien pour un Atlan. Ou n'importe quel autre guerrier, à vrai dire. Ça prouvait l'intensité de sa douleur que le Seigneur de guerre avait enduré. La doctoresse avait mentionné avoir retiré la majeure partie des implants de la Ruche, mais il en restait encore, qui ne pourraient être retirés sans lui coûter la vie. Il partirait à la Colonie dès que toutes les dispositions seraient prises et les codes de transport validés par Prillon Prime. A en juger par ses poings serrés sur la table, le Seigneur de guerre Atlan était visiblement mécontent. Tel était le sort inéluctable réservé aux guerriers bannis et envoyés sur la Colonie.

J'étais moi aussi porteur d'une sorte de variante de la technologie de la Ruche, contrôlée par la Coalition et spécialement modifiée par le Service des Renseignements, et qui, à l'instant t, me rendait presque folle. Le bourdonnement constant s'était heureusement mué en bonne grosse migraine. Quelle chance.

Le Commandant avait dû dire quelque chose à la doctoresse alors que je ne regardais pas. Elle s'approcha de moi et me fit une piqûre. La douleur s'évanouit en l'espace de quelques instants, je poussai un soupir de soulagement. « Merci, Docteur. »

Elle hocha la tête et s'installa dans la chaise vacante d'à côté. Ses yeux cernés et ses traits fatigués trahissaient son épuisement après quarante-huit heures passées à batailler avec la bête.

Le Commandant Karter observait le Seigneur de guerre à l'autre bout de la table.

« Merci d'être là, Seigneur de guerre. Pouvez-vous

nous dire ce qui se passe, puisque vous voici apparemment remis suite à votre passage dans le caisson ReGen ? »

J'ignorais ce qui se passait mais j'avais hâte de le savoir. J'étais embêtée, j'avais dû manquer un truc important. C'était mon premier jour de boulot, j'avais intérêt à redoubler d'efforts.

L'Atlan cligna doucement des yeux, regarda tout le monde dans la salle, comme s'il nous voyait tous pour la première fois. Ses yeux n'étaient pas complètement argentés comme ceux définitivement intégrés par la Ruche, mais brillaient d'un éclat différent. Le pauvre nous contemplait avec des yeux qui n'étaient plus les siens.

A côté, le bourdonnement qui résonnait dans ma tête était de la gnognotte.

« C'est un piège, Commandant, » dit-il d'une voix grave.

10

hloé

L'Atlan s'éclaircit la gorge, un grondement guttural résonna dans toute la pièce. « Ils utilisent ce Secteur pour développer une nouvelle arme expérimentale... » Les mains du Seigneur de guerre étaient bien à plat sur la table, son corps vibrait d'une tension que je ressentais à l'autre bout de la pièce. « Exfiltrez le bataillon.

— Vous savez très bien que c'est impossible, répondit le Commandant Karter. Le Secteur 437 est aux mains de la Coalition depuis des centaines d'années. C'est pas aujourd'hui qu'on va laisser le tomber. » Angh ne répondit pas, le commandant soupira et demanda, « Quel genre de piège ? »

L'immense Atlan secoua la tête, l'agacement se lisait sur son visage. « Je ne sais pas, Commandant. Je ne me souviens pas de tout. Je sais juste qu'il y a un piège. Qu'il se rapproche. C'est tout ce que je sais.

— C'est mieux que rien, Seigneur de guerre Anghar. » Le Commandant Karter se tourna vers moi. « Donnez-moi de bonnes nouvelles, Chloé. Dites-moi que vous entendez ce que ces bâtards mijotent. Je veux du concret. »

Tous les regards convergèrent vers moi, concentrés. J'étais nouvelle ici, le commandant me tenait responsable de tout le merdier, il voulait des réponses. Je relevai la tête. « Le trafic semble normal. Je vais avoir besoin de plusieurs heures pour analyser leurs signaux et voir ce que je peux trouver.

— C'était ça leur attaque ? La douleur dans votre tête.

— Je sais pas ». Je n'en savais rien. Il était évident que j'avais intercepté... quelque chose.

Angh serra les points sur la table. « Je vous donne deux heures. Je les sens approcher. »

Moi aussi, je ne savais pas comment, je le savais, voilà tout.

Je regardai le Seigneur de guerre avec une certaine connivence. Il savait que je le sentais moi aussi. Il y avait une sorte de ronronnement entre nous, comme si les fréquences de la Ruche nous liaient l'un à l'autre, comme les extrémités d'une corde de guitare.

Je détournai le regard de l'immense Seigneur de guerre et contemplai le Commandant Karter. « Il a raison. On n'a pas deux heures. Je le sens approcher.

— Sauf votre respect, Commandant Karter, qu'est-ce que vous foutez bon sang ? » Je ne reconnaissais pas la voix de cet immense et effrayant Seigneur de guerre

Atlan, arborant le grade de commandant sur son uniforme.

Les Atlan élisaient leur chef. Le guerrier devant moi avait donc été élu, choisi, respecté, il avait de l'expérience. Il vit que je le regardais, baissa brièvement les yeux sur mon collier prillon et s'inclina jusqu'à la taille.

« Ma Dame, je suis le Seigneur de guerre Wulf.

– Commandant Chloé Phan, de Terre. »

L'immense seigneur de guerre me dépassait de loin dans son fauteuil, il devait bien mesurer deux mètres quarante.

« Quelle est votre spécialité, Commandant Phan ? Comment avez-vous obtenu votre grade de commandant au sein de la Flotte de la Coalition ? »

Le Commandant Karter se leva et se pencha par-dessus la table, les bras raides, les muscles contractés. Il serrait les poings à s'en faire blanchir les jointures. « Le Commandant Phan a travaillé quatre ans au Service des Renseignements. C'est tout ce que je peux vous dire, elle va nous aider, j'ai confiance en elle. »

L'un des officiers s'agita à l'autre bout de la table. Je ne voyais pas son visage mais j'entendis sa requête. « Ne devrions-nous pas prévenir le Service des Renseignements de cette nouvelle menace ?

– Bien évidemment. » Le Commandant Karter se déplia de toute sa hauteur, fit craquer ses vertèbres. « Envoyez-leur un message immédiatement. J'ai besoin d'une équipe ici tout de suite. »

Il me regarda. « Commandant Phan. Planchez sur les communications et venez me voir dès que vous avez quelque chose. »

J'ignorais de *quoi* il s'agissait et me contentai de lui

répondre un « Oui Commandant ». Je me levai, saluai les seigneurs de guerre et les guerriers dans la salle, et plus particulièrement le Commandant et le Seigneur de guerre Anghar et retournai à mon poste de commande. Je m'assis et vissai mes écouteurs sur mes oreilles. On aurait dit un vieux casque de foot, gros, moche, lourd, mais équipé d'un cran affichant un réseau de communications allouant une vision périphérique. Élément non négligeable, il atténuait les bruits environnants. J'étais dans ma bulle.

Qui était loin d'être calme. C'était même tout le contraire. Mes sens étaient sans cesse bombardés par le bruit de l'espace s'écrasant sur mes écouteurs tel les vagues sur la grève.

J'étais à l'affût du moindre murmure de vie, murmure tenant plus de la machine que de l'homme.

Ça commença comme un murmure, comme le ronronnement d'un chat derrière une fenêtre. Un bruit ténu mais présent, semblable au flux sanguin, comme le grand requin blanc sentant une minuscule goutte de sang perdue dans l'océan.

Mon mari n'était pas là. Seth était parti en patrouille avec ReCon 3. Dorian partirait bientôt en mission. Si la Ruche nous tendait un piège, je le trouverais. Ces machines sans pitié ne me prendraient pas mes époux. Elles ne tueraient personne de notre bataillon. Je m'y emploierai.

Une rage sourde et familière m'envahit, mêlée à une concentration intense que je n'avais pas éprouvée depuis des années. Le combat, la guerre pure et dure, les batailles que j'avais gagnées.

Je détectai un signal, éliminai les bruits parasites, amplifiai le son jusqu'à ce que ce signal silencieux tout proche s'insinue dans mon esprit, tel un battement de tambour. J'affichai le motif sonore sur mon écran à cristaux liquides et découvris, sous le choc, sa structure en nid d'abeille. Le son se propageait d'une connexion à l'autre via une série d'hexagones entrelacés.

Ça ressemblait à un réseau, le bataillon filait droit dessus.

Je bondis et hurlai, « Commandant Karter, arrêtez le vaisseau ! Tous les vaisseaux, aux arrêts. »

Le Commandant Karter me rejoignit en deux enjambées. « Qu'avez-vous trouvé ?

– C'est un piège, comme l'a dit le seigneur de guerre. Je sais pas ce que c'est. On dirait un maillage, un réseau, on fonce droit dessus. »

Le commandant regarda mon écran sans demander de plus amples détails. Il éleva la voix, ordonnant de mettre immédiatement tous les vaisseaux du bataillon à l'arrêt. J'ignorais à quelle distance nous étions exactement ni de quoi il s'agissait mais on était tout proche. Dieu seul savait ce qui se serait produit si on était rentrés dedans. Ou si la Ruche nous attendait de l'autre côté.

Le vaisseau vacilla sous mes pieds, freina avec une telle force que tous ceux qui dormaient avaient dû être lourdement projetés hors de leur lit mais c'était le cadet de mes soucis. Un autre officier leva la tête. « Commandant, en approche, Transport 2. Les Renseignements. Je leur donne l'autorisation ?

– Oui, j'arrive. » Il se tourna vers moi. « Vous m'accompagnez. »

Je hochai la tête en frissonnant. Je craignais fortement de savoir exactement qui se trouvait à bord du vaisseau. Je n'avais pas la moindre envie de le revoir. Ce n'était pas une si mauvaise chose que je sois postée derrière le commandant, ça m'empêcherait de tuer Bruvan quand je le verrais.

Nous étions presque arrivés au niveau de la porte lorsque l'un des officiers lança l'alarme. « Commandant, l'avion-cargo 572 ne répond pas à notre ordre. Aucune réponse. »

Le commandant tourna les talons et se dirigea vers le poste de travail sur lequel s'affichait la position 3D de tout le bataillon. Tous les vaisseaux étaient à l'arrêt sur son ordre, flottants tels des hologrammes de modèles réduits. Tous, sauf un.

Le commandant regarda derrière lui. « Combien de guerriers compte ce vaisseau ? »

L'officier répondit, tête baissée. « Deux guerriers Prillon, Commandant, de jeunes pilotes originaires de Prillon Prime, arrivés il y quelques semaines. Ils doivent probablement dormir. »

Le Commandant Karter se leva. « A quelle distance du bataillon se trouvent-ils ?

– Trois mille kilomètres, ils s'éloignent de plus en plus.

– Essayez d'établir le contact. » Il se tourna vers l'autre officier aux traits presque humains, ce devait être un Trion. « Si vous ne parvenez pas à établir le contact d'ici deux minutes, prenez le contrôle de leur vaisseau et ramenez-les.

– Bien Commandant. »

Je me tournai vers la porte lorsqu'une autre alarme retentit. Le commandant stoppa net une fois de plus. « Rapport. »

L'officier essayant d'établir le contact avec l'avion-cargo appuyait frénétiquement sur tous les boutons et agitait ses mains, comme pour faire apparaître par magie l'hologramme se détachant dans le vide sidéral. La petite forme rouge, le minuscule point symbolisant l'avion-cargo avait disparu. « On a perdu l'avion-cargo Commandant.

— Comment ça, on a perdu l'avion-cargo ? » Le Commandant Karter contempla l'hologramme sans bouger. Son silence en disait long sur son self-control.

L'officier ne leva pas les yeux de son poste et poursuivit sa tâche tout en s'adressant au commandant. « Le vaisseau a disparu Commandant. Volatilisé. »

Le commandant se figea. « Montrez-moi une vue d'ensemble immédiatement. »

Je me postai derrière lui sans un bruit, c'était couru d'avance, ce que je découvrirais à l'écran serait forcément horrible. Tout le personnel sur le pont observa en silence l'avion-cargo voler dans l'espace infini avant d'exploser dans un éclair fulgurant.

« Encore, » ordonna le commandant. Il rembobina trois fois, nous étions tous en train d'essayer d'analyser ce que nous avions vu. Aucune trace d'impact. L'explosion avait touché le vaisseau de l'extérieur. Aucune trace de vaisseaux ennemis à proximité, nulle trace de la Ruche, de missiles, de rayons laser ou de canons. Rien de rien.

Le vaisseau était encore là voilà un instant, la seconde d'après, il explosait.

L'officier chargé des transports s'éclaircit la gorge. « Les Renseignements viennent d'arriver au Terminal 2.

— Combien sont-ils ?

— Huit, Commandant. »

Le commandant contemplait à l'écran les fragments incandescents du vaisseau en perdition avec ses deux pilotes à bord. « Contactez les patrouilles de reconnaissance. Rapatriez nos troupes d'assaut. Abandonnez Latiri 7. Nous avons besoin de toutes nos troupes pour protéger le bataillon. Assurez-vous qu'ils aient les coordonnées nécessaires leur permettant d'éviter cette espèce de réseau.

— Ça va nous prendre des heures. » Le second, un immense guerrier Prillon dénommé Bard s'approcha. « Si on lâche le terrain gagné sur Latiri 7, la Ruche redoublera de force sur Latiri 4. Il nous faudra des mois pour le regagner. »

Le Commandant Karter posa ses mains sur l'épaule du Prillon. « Je sais. Mais nous savons tous que nous ne sommes pas dans le Secteur 437 pour gagner la guerre. Nous sommes ici pour maintenir la situation en l'état, pour empêcher la Ruche de progresser au sein de la Coalition. On doit se fixer une limite, Bard. Si on n'arrive pas à les arrêter, si tout le bataillon est attaqué par une arme que nous ne voyons pas, nous risquons de perdre tout le Secteur. »

Le Prillon visiblement mécontent gardait le silence. Il savait que le commandant avait raison. Nous avions tous été témoins de cette destruction instantanée. Nous connaissions tous les enjeux. Une demi-douzaine de planètes de la Coalition étaient à portée de tir de la Ruche en cas d'échec du Bataillon Karter. « Rameutez le plus de monde possible. On contrôle Latiri 4. Ils s'occuperont de Latiri 7 quelques jours, le temps qu'on règle le problème. Je veux voir tous les vaisseaux déployés en formation de défense autour du bataillon. Je veux que toutes les navettes de transport de civils soient en formation de bataille.

– Vous prévoyez une attaque, Commandant ? demanda le Prillon.

– Le Seigneur de guerre Anghar affirme que la Ruche nous a tendu un piège. Je crains qu'on soit tombés dedans.

– Bien Commandant. »

Le commandant sortit tandis que Bard donnait des ordres à toutes les patrouilles de reconnaissance, aux troupes d'assaut, aux avions-cargos et à tous les pilotes de réintégrer le bataillon en leur communiquant un code d'urgence dont j'avais entendu parler.

Le commandant sortit dans le couloir sans prendre la peine de vérifier que je le suivais. Nous arrivâmes au Terminal 2 en l'espace de deux minutes. Il s'arrêta net, je faillis lui rentrer dedans.

Lorsqu'il se tourna vers moi, le commandant, affichant toujours un sang-froid sans failles, avait cédé la place à un guerrier prillon très en colère venant de perdre deux pilotes. « À quoi dois-je m'attendre, Chloé ? Qui se trouve dans cette pièce ?

– J'en sais trop rien, probablement un membre spécialisé dans les communications au sein des Renseignements, ou un groupe infiltré de la Ruche. Si c'est le cas, ils seront accompagnés d'une personne aussi qualifiée que moi.

– Quelqu'un comme vous. » Il contempla mon visage. Je portais toujours cette étrange oreillette argentée plaquée sur mon crâne, en réseau avec le microprocesseur situé derrière mon oreille. « Quelqu'un équipé de ce truc et qui peut les entendre ? »

Je hochais la tête. Il serra légèrement mon épaule comme il l'avait fait précédemment avec Bard, en guise de soutien. « Parfait. Nous aurons besoin de l'aide de tout le monde. Il est hors de question que je perde un autre vaisseau. » Il se retourna et entra dans la salle des transports.

J'étais sur ses talons. Je réprimai un grognement en voyant ce qui nous attendait. Mon ancien coéquipier, le Commandant Bruvan, se tenait sur la plate-forme de téléportation, fier comme Artaban. Comme prévu, il était escorté par un escadron de cyborgs infiltrés de la Ruche en armure. Cette unité spéciale était composée de membres recrutés par le Service des Renseignements pour se faufiler à certains endroits sans que la Ruche ne détecte leur présence. Un peu comme les unités d'élite sur terre, avec une technologie plus avancée.

Les unités d'infiltration de La Ruche étaient un service ultra spécialisé au sein du Service des Renseignements, composées d'un décrypteur comme moi, un opérateur spécialisé dans les communications équipé d'un implant programmé pour accéder au protocole de communication de la Ruche. Nous étions les yeux et les oreilles de la Coalition, les armes les plus élaborées contre nos ennemis. Nous étions les seuls à pouvoir les entendre.

Toutes les personnes équipées du neuro-processeur expérimental n'étaient pas en mesure de déchiffrer leur étrange langage. On fonctionnait la plupart du temps à l'instinct, et non via des données concrètes transitant via le système, laissant place à l'erreur. Les miennes et celles de Bruvan. Si on se plantait, les gens mourraient.

Le reste de l'équipe était composé de deux experts en armement et deux experts en démolition sachant exactement quelles zones atteindre à l'intérieur d'un vaisseau ou d'un terminal sous contrôle de la Ruche, et anéantir le tout le plus efficacement possible.

Et leur commandant ?

Je croisai son regard et une rage sourde et familière m'envahit. Le Commandant Bruvan semblait aussi ravi que moi. J'ignorai l'immense guerrier Prillon et procédai à l'inspection de son équipe.

Il fit de même et s'avança lorsque le Commandant Karter l'accueillit.

« Commandant Karter. Bienvenue à bord de mon Cuirassé. »

Le Commandant Bruvan tendit sa main. Ils s'agrippèrent par les bras et se saluèrent à la mode guerrière. « Commandant Bruvan, et voici mon équipe. »

Le Commandant Karter les passa rapidement mais néanmoins soigneusement en revue sans rien oublier, ni les snipers spéciaux, ni la technologie de la Ruche implantée dans leur armure, ni leurs sacs de démolition lourdement chargés

d'explosifs. Le Commandant Bruvan leva les yeux. « Quand avez-vous détecté les transmissions de la Ruche ? J'aimerais m'entretenir avec l'officier les ayant détectées. Le Seigneur de guerre Anghar peut-être ? »

Le Commandant Karter hocha imperceptiblement la tête et leva son bras dans ma direction. « Le Commandant Phan a détecté les signaux. Le Seigneur de guerre Anghar nous a prévenu du piège tendu par la Ruche. C'est elle qui l'a entendu. »

J'échangeai un regard avec le Commandant Bruvan. On se serait crus en plein Western.

« Bruvan.

– Phan. Il s'approcha à deux centimètres de moi, nos nez se toucheraient presque s'il ne mesurait pas trente bons centimètres de plus que moi. Il prenait visiblement un malin plaisir à me dépasser.

Je posai mes mains sur mes hanches sans céder de terrain. Il était furax. « Montre-moi ce que t'as trouvé, Phan. Et dégage. »

Bon sang, je m'étais volontairement enrôlée chez les Epouses Interstellaires pour mettre la plus grande distance possible entre ce mec et le reste de univers. Mais apparemment, ça n'avait pas fonctionné.

11

orian

L'ALARME ANNONÇANT le combat retentit. Je me levai d'un bond d'un profond sommeil et enfilai mon uniforme en toute hâte. Chloé était en sûreté à son poste avec le Commandant Karter. Seth était parti en mission de reconnaissance, j'avais entendu sa montre biper quand il était sous la douche tout à l'heure. Il s'était habillé en vitesse et était parti. Je m'étais rendormi aussi sec.

Je rangeai mon arme dans mon holster.

Seth et moi vivions dans l'incertitude constante, nous avions appris à faire avec. J'espérais que Chloé s'y ferait elle aussi.

J'enfilai mon uniforme et mes bottes et quittai nos appartements privés, direction la salle de débriefing des pilotes, que j'atteignis en un temps record, pour découvrir avec surprise que Chloé se tenait sur le pas de la porte avec le Commandant Karter et le Seigneur de guerre Anghar, en compagnie d'un groupe de guerriers inconnus. Ils arboraient une étrange armure constellée d'étranges circuits que je connaissais comme issus de la technologie de la Ruche.

Je n'aimais pas du tout la façon dont leur chef regardait ma femme. C'était un vrai connard, ça se voyait au premier coup d'œil. Je sentais via le collier que Chloé connaissait déjà cet homme et le détestait. Il avait sous-estimé le tempérament volcanique de Chloé, elle lui rendit son regard sans bouger d'un pouce. Je sentis un mélange de honte et de fierté en elle, elle était bien décidée à ne pas céder de terrain.

J'étais fière d'avoir une femme aussi belle et aussi courageuse mais la gravité de la situation me frappa de plein fouet. Tous nos pilotes étaient présents. Personne ne dormait. Le Commandant Karter en personne effectua le briefing de la mission, qui pour le moment, était une mission basique. Nous devions nous préparer à partir sur le champ. Apparemment, l'immense Atlan qu'on avait récupéré dans l'avion-cargo avec ReCon 3 avait émergé de son séjour dans le caisson ReGen et alerté le Commandant d'un piège. Que Chloé soit immiscée là-dedans ne me surprenait pas outre mesure. Je sentais un tourbillon d'émotions l'envahir, des émotions que je n'étais pas en mesure de déchiffrer pour le moment.

La honte. La culpabilité. La peur. La colère. La détermination.

Elle ne faisait preuve d'aucune douceur. C'était une guerrière.

J'avais l'impression qu'elle était déjà lancée à corps perdu dans cette bataille.

J'allais bientôt partir en mission, je poussai un soupir de soulagement lorsque le Commandant nous apprit que toutes les escadrilles de combat et les patrouilleurs avaient été rappelés à bord du Karter par mesure de précaution.

« Pilotes, tous sur le pont. Tenez-vous prêts dès que je vous en donnerai l'ordre. Bonne chance, » tonna le Commandant Karter.

J'allais partir mais Seth serait bientôt de retour. Il serait là. La vie ou la mort n'avait aucune importance pour moi. Je voulais vivre mais je devais me battre. La seule chose qui m'importait quand on était en mission soit que ma femme soit en sureté.

Je me levai et me frayai un passage jusqu'à Chloé, entourée d'Atlans et de Prillons deux fois plus grands qu'elle.

Je les écartai, l'enlaçai brièvement, juste pour sentir son odeur et la toucher avant de partir au combat. Je la pris dans mes bras, elle se serra étroitement contre moi, je déposai un doux baiser sur ses lèvres. Je sentis son désir via le collier, je savais que c'était réciproque.

« Reviens-moi vite, Capitaine, murmura-t-elle. Je suis follement amoureuse de toi. »

Mon cœur menaçait d'exploser. L'émotion m'envahit, je ne pouvais réprimer ce que j'éprouvais pour elle. Elle le sentait via les colliers mais je voulais qu'elle l'entende de ma propre bouche. « Je t'aime à mourir. »

Je dus la laisser, c'était la chose la plus terrible qu'il m'ait été donnée de faire. Je la savais en sûreté sur le cuirassé aux côtés du Commandant Karter mais Seth n'était pas encore là. On ne serait pas là, mais en en plein danger, et je ne pouvais rien y faire.

12

« Qu'est-ce qu'on fout ici si on ne va pas sur l'avion-cargo ? C'est notre vaisseau. » Le pilote Prillon assis à côté de moi sur la rampe de lancement était aussi furax que moi. Il s'appelait Izak, on volait ensemble depuis deux ans. C'était un sacré bon pilote, meilleur que moi mais il attendait des réponses que je n'étais pas en mesure de lui donner.

« J'en sais rien. Les Renseignements sont à bord, je me demande dans quel merdier on s'est fourrés. »

Izak poussa un grognement et prit sa tête dans ses mains. « T'as entendu ? »

Je m'immobilisais et écoutais attentivement. Rien. « Non.

— Je les entends depuis qu'ils m'ont donné cette foutue

armure. » Il se massa les tempes et appuya sa tête contre le mur.

« Qui ça ? Qui te l'a donnée ?

– Les Renseignements. »

Le Service des Renseignements. « Et tu les entends ? Tu entends qui ? »

Il croisa mon regard. « La Ruche, Dorian. Cette saloperie de Ruche. »

La Ruche. L'étrange armure des Renseignements et les vaisseaux furtifs ? Oui. On s'était fait baiser.

Nous étions embusqués sur une petite rampe de lancement. Deux navettes furtives y stationnaient déjà. Elles ne pouvaient contenir qu'une poignée de guerriers, à peine une dizaine, à condition qu'ils restent cantonnés dans la zone située juste derrière les pilotes. Des vaisseaux furtifs conçus pour « piquer » l'intelligence en territoire ennemi, cette mission ne me disait rien qui vaille.

« Qu'est-ce qu'ils racontent ? » demandais-je. Ma tenue de camouflage noire était l'armure classique destinée aux opérations spatiales, celle d'Izak était différente, incrustée de stries argentées et des étranges circuits emblématiques de la Ruche.

Il secoua la tête. « Je comprends que dalle, on dirait des insectes qui bourdonnent. » Izak commença peu à un peu à ôter son armure, la jetant au sol. « Je peux pas voler comme ça, putain c'est carrément impossible. »

Izak se dévêtit en un temps record, se dirigea, complètement à poil vers une armoire et prit une autre armure. Il était en train d'enfiler son pantalon lorsque les portes s'ouvrirent sur une douzaine de personnes, le Commandant Karter et ma femme. Chloé portait la même armure striée argentée qu'Izak, sa présence me fit l'effet d'un coup de poignard.

Non, Dieu du ciel, non. Elle était supposée être assise derrière son bureau, non pas porter une armure de combat. Elle était armée d'un pistolet laser ou je voyais double ?

La bête derrière elle, le Seigneur de guerre Anghar, portait le même harnachement. Le Commandant Karter était le seul à ne pas porter d'armure. Il nous avait demandé à Izak et moi de le rejoindre, je me souvenais que le guerrier était complètement nu. Un déferlement de jalousie m'envahit en songeant que Chloé allait le voir mais lorsque je la regardai, c'était moi qu'elle contemplait et moi seul, avec des yeux tellement remplis d'amour que ma gorge se serra. Ses émotions déferlèrent via le collier. L'amour. L'espoir. La peur. La résignation aussi, sachant qu'on partait en mission, sans aucune garantie de retour.

Grand Dieu, non. J'aimais pas ça du tout.

Je ramassai le plastron d'Izak et le lui jetai en lui décochant un coup d'épaule. « Magne-toi. Karter est là. »

Izak me suivit, il termina de s'habiller chemin faisant. À notre arrivée, il était clair que deux clans s'opposaient. Le Service des Renseignements disposait d'une unité d'infiltration composée de huit membres ayant revêtu l'armure spéciale qu'Izak venait tout juste d'enlever. Puis venait Chloé, Anghar et deux guerriers Prillon faisant office de gardes ou de protecteurs, je n'aurais pas su dire. Le Commandant fit les présentations. Je remarquai la façon dont Bruvan regardait ma femme. Il portait les mêmes écouteurs argentés que Chloé. Je n'en avais jamais vu auparavant mais je le reconnus comme étant de la pure technologie de la Ruche, voir ce truc phagocyter la tête de ma femme tel un parasite ne me disait rien qui vaille.

Le Commandant s'éclaircit la gorge une fois les présentations terminées. « Très bien, guerriers. Vous connaissez tous la raison de notre présence ici. Nous devons anéantir cette espèce de filet. Nous sommes tombés dans un piège, je n'aime pas ça du tout. Nous devons savoir comment il fonctionne et comment le détecter. Il est fort possible qu'ils soient en train de déployer cette arme dans d'autres secteurs, pour venir à bout d'autres bataillons. Nous devons savoir à quoi nous avons à faire et comment le détruire. »

Karter se tourna vers Izak et moi. « Capitaine Kanakar, vous piloterez la navette avec le Commandant Phan et le Seigneur de guerre Anghar. Votre équipe sera là en cas de secours. Les coordonnées et les instructions ont été téléchargées dans le système informatique de la navette. Les ordres émaneront du Commandant Phan. Est-ce bien clair ?

– Oui Commandant. » Je hochai la tête. Le Commandant insistait bien sur le fait que Chloé était le Commandant à bord de ma navette mais je m'en fichais complètement. J'étais vraiment soulagé de savoir que Chloé faisait partie de l'équipe de secours et qu'elle ne prendrait pas part au combat, Dieu seul savait ce que la Ruche nous réservait.

« Capitaine Morzan, il s'adressa à Izak. Vous piloterez le vaisseau qui donnera l'assaut. Vous vous conformerez aux ordres du Commandant Bruvan.

– Oui Commandant. »

Le Commandant Karter nous regarda sévèrement. « Je ne voudrais pas paraître insultant en vous rappelant vos grades et le rôle d'un commandant mais il ne s'agit pas d'une opération de routine. On bosse pour les Renseignements. Pigé ? » Il me regardait sciemment, deuxième avertissement, c'est Chloé qui donnait les ordres, ma femme était plus gradée que moi, et même si je n'étais pas d'accord avec ses décisions, je devrai me conformer à ses ordres et à son autorité. Peu importait le danger.

Putain.

Nous acquiesçâmes tous deux. Je frissonnai, un mauvais pressentiment m'envahit. Izak n'avait pas l'air très affecté mais il était vrai qu'il ne partait pas dans une zone de guerre en ayant charge de sa famille.

En admettant qu'elle veuille bien que je la protège.

Le Commandant Bruvan prit la parole, « Je suis l'officier le plus gradé de cette mission, avec le Commandant Phan. Une fois que nous aurons décollé, nous utiliserons le réseau d'ondes courtes. Sans exception.

– Mais nous ne serons plus en mesure de communiquer avec le Cuirassé Karter, répondit Izak.

– Exactement. » Le Commandant Bruvan mit son casque. « À bord. C'est parti. »

Izak et moi nous saluâmes comme des guerriers en nous tenant par l'avant-bras, avant de nous diriger vers nos petites navettes. En quelque minutes, ma femme, le seigneur de guerre et les guerriers prillons lui emboîtèrent le pas. Je fermai les portes de la navette. Chloé s'installa dans le siège du copilote et à ma grande surprise, se prépara au décollage. « T'as encore d'autres secrets en stock, Commandant Phan ?

– "Tu verras bien, Capitaine." » Elle me sourit derrière son casque noir, je me sentais le cœur plus léger, en dépit de notre départ imminent pour accomplir sans nul doute la mission la plus dangereuse au sein de ma longue carrière parmi la Flotte de la Coalition. À ses côtés.

Son sourire disparut en un clin d'œil, le commandant prit place dans le fauteuil occupé par ma femme quelques instants auparavant. Chloé était concentrée sur son travail, sa détermination circulait librement via la connexion que nous partagions avec nos colliers. « Suivez l'autre navette. On va s'approcher du filet le plus possible et le passer au scanner avant d'essayer de le désactiver. »

Le Seigneur de guerre Anghar était posté derrière nous, deux guerriers Prillon se tenaient derrière lui. Il y avait très peu de place dans un vaisseau aussi exigu pour des guerriers aussi grands, aucune intimité.

Je me concentrais sur le plan de vol, sur ce que je voyais, je suivais la navette sur la rampe de lancement. Nous avions quitté le bataillon. Je ne voyais rien devant nous, tout ce que je savais, c'est qu'on avait perdu un avion-cargo. La menace rôdait.

« Je les entends. » Le grondement sourd de la voix d'Anghar balaya la joie que j'éprouvais, sachant Chloé à mes côtés. Le sentiment de chaleur et d'amour qui transitait via nos colliers s'évanouit d'un coup d'un seul, remplacé par une menace mortelle. Une vraie douche froide, toute trace de chaleur s'étant définitivement envolée.

« Moi aussi. Ils nous ont repérés. »

Chloé

. . .

Le filet était immense, bien plus grand que tout ce que j'avais vu auparavant. Je m'aperçus que durant ma mission au sein du Service des Renseignements, nous n'avions vu que des exemples de cette arme, des tests grandeur nature effectuées par la Ruche afin de tester son efficacité.

C'était complètement différent. C'était énorme. Ça faisait des milliers de kilomètres, et c'était totalement indétectable au radar. Un bataillon lancé à pleine vitesse aurait été irrémédiablement détruit sans même s'en rendre compte.

Grâce à ses talents de pilote, Dorian, malgré son air perplexe, était notre seule chance de salut. Tout officier des Renseignements devaient savoir effectuer les manœuvres de base pour piloter un vaisseau, au cas où il resterait seul maître à bord, et devait sauver sa peau. J'avais été amenée à piloter seule une seule fois dans ma vie, cet incident avait irrémédiablement fait de Bruvan un ennemi, ça m'avait coûté ma place au sein du service. Mais ça m'avait sauvé la vie et la sienne.

Autant jeter des perles au cochon.

Peu importe. Je ne devais pas songer au passé, pas avec cet immense faisceau d'explosifs de la Ruche formant un maillage autour du Bataillon Karter et des deux hommes dont j'étais amoureuse. Leur dévouement et le besoin de protection se dégageaient et émanaient de nos colliers, je me sentais presque invincible. Cette sensation entêtante et prenante renforçait d'autant plus ma détermination à survivre à ce merdier, faire en sorte que tout se passe bien cette fois-ci.

Il nous fallut plus d'une heure à la vitesse de l'éclair pour arriver à atteindre le périmètre du faisceau de la Ruche. Derrière moi, le Seigneur de guerre Anghar, un genou au sol et la main posée sur le dossier de mon siège, scrutait l'horizon, comme si ses yeux étaient capables de les d'apercevoir.

C'était impossible. Ils étaient invisibles à l'œil nu et indétectables par la plupart de nos radars.

Pas pour moi ou Angh, grâce à notre technologie spéciale, nous étions tout proches.

« Stop, ordonnais-je à Dorian tandis que la navette de Bruvan s'approchait du fameux filet.

– J'y vois que dalle, dit Dorian.

– Fais-moi confiance, ça grouille de Prillons. » Angh était comme fou, il scrutait l'écran devant nous. « Vous pouvez agrandir l'écran, Capitaine ?

– Bien sûr. » Dorian agrandit l'image d'une main, des étoiles lointaines flamboyantes nous parurent soudainement à portée de main.

« Stop. » Angh secoua la tête et agita sa main. « Ils sont très bien cachés. »

Il avait raison. C'était déconcertant, je sentais la présence de cette arme de la Ruche mais je ne voyais rien. On aurait dit une chasse aux fantômes.

Cet avion-cargo qui avait explosé en plein vol n'avait rien d'un fantôme. Ces hommes étaient morts parce qu'il y avait quelque chose là-bas dans l'espace.

« Et maintenant, Commandant ? » Dorian se tourna vers moi dans l'attente de mes ordres.

« Basculez sur les basses fréquences. On attend les ordres du Commandant Bruvan.

– Dans combien de temps ? » demanda Angh.

J'aurais bien voulu manifester mon mépris mais je devais rester professionnelle. « Le connaissant, une bonne heure. »

Dorian n'objecta pas mais son agacement me parvint très nettement via le collier. Il avait tout à fait conscience du mépris que j'éprouvais pour Bruvan.

Comme prévu, une heure se passa sans aucune nouvelle de sa part ou de son équipe présente dans la seconde navette. Angh arpentait l'espace confiné à l'arrière de la navette, les deux guerriers Prillon se plaquèrent contre la paroi pour laisser le plus de place possible à la bête agitée. Malgré ça, il pouvait à peine faire trois pas.

J'avais l'habitude de la manipulation psychologique exercée par Bruvan. Il avait coutume de dire à qui voulait bien l'entendre qu'il avait besoin de temps pour se décider parce qu'il devait d'abord d'analyser les données. Lui et moi connaissions la vérité. L'analyse était effectuée grâce au neuro-processeur implanté dans notre crâne, avant de parvenir dans notre esprit, nos implants œuvraient de concert pour annihiler le réseau de communication et les codes de la Ruche.

Je n'étais là qu'en cas de coup dur. Le Commandant Karter et le Commandant Bruvan avaient été bien clairs là-dessus. Je n'avais pas à fourrer le nez dans les affaires de Bruvan. Mais un truc clochait, je savais que Bruvan en avait lui aussi conscience, ce qui le faisait probablement hésiter. Et Angh qui n'arrêtait pas de tourner en rond ? J'avais le pressentiment que cette bête Atlan entendait plus qu'elle ne voulait bien l'admettre.

« Vous avez entendu, Angh ? Ce bourdonnement sourd, dans le fond, bien distinct des autres ?

– Oui. »

Je me levai et me dirigeai vers lui. « C'est quoi à votre

avis ? » Je voulais avoir son avis, on ne savait jamais, je pouvais me tromper ou me faire des idées.

– C'est leur mère.

– Oui ! » Je bondis de joie et lui donnai une brève accolade. Il en resta baba. Je me rassis dans le siège du copilote et établis la communication avec l'autre navette.

« Commandant Bruvan, ici Commandant Phan. Vous me recevez ?

– Ici le Capitaine Morzan. Le Commandant Bruvan n'est pas à bord, Commandant.

– Pardon ? » Je restais bouche bée. « Comment ça il est pas à bord ? Pourquoi ne m'a-t-on rien dit ?

– Tels sont les ordres. » Le guerrier Prillon était catégorique.

« Vous pouvez me le passer ?

– Oui, Commandant. » Izak s'arrêta un moment. Je l'entendais se mouvoir dans son imposante armure. C'était un immense guerrier Prillon avec un très beau… Je fus interrompue dans mes pensées. « Commandant Bruvan. Vous me recevez ?

– Ici Bruvan. Parlez, Capitaine. » La voix de Bruvan venait de très loin, il avait son casque audio. Je savais où il était lui et son équipe—dans l'espace avec des propulseurs accrochés dans le dos.

« Commandant, ici le Commandant Phan. Où êtes-vous ?

– Nous approchons du point de connexion.

– Pourquoi ne m'a-t-on rien dit ? C'est quoi ce plan ? » Je tempêtais. Comment osait-il mettre tout le monde en danger, son équipe et la mienne, tout simplement parce qu'il ne pouvait pas me voir ? Il nous avait laissés mariner pendant une heure alors qu'il se préparait à partir dans l'espace avec toute son équipe ? Connard.

« C'est pas vos oignons.

— En tant qu'équipe de secours j'estime que nous avons à être tenus au courant Commandant. » Je crachais littéralement le 'Commandant' mais je n'en avais rien à foutre.

Il soupira bruyamment comme si j'étais l'humaine la plus chiante de tout ce secteur de l'espace. « Très bien, Commandant. Nous approchons du point de connexion. Une fois sur site, mon équipe de démolition placera des explosifs et le détruira, créant une réaction en chaîne qui anéantira tout le réseau. »

Je me raclai la gorge, le grognement d'Angh me laissait supposer qu'il pensait exactement la même chose que moi. « Ça ne fonctionnera pas Commandant. L'un de nos avion-cargo a heurté le filet il y a quelques heures à peine. Le vaisseau a été détruit mais le maillage du filet n'a pas bronché. »

Le Commandant Bruvan répondit brièvement. « Nous utilisons un explosif spécialement conçu pour, Phan. »

Il avait terminé de parler. J'agitai la tête, franchement pas emballée.

« Commandant, un objet flottant au-delà de ce fameux réseau contrôle toute la zone. Si vous écoutez attentivement, vous entendrez un bourdonnement imperceptible. Le Seigneur de guerre Anghar et moi-même pensons qu'il s'agit d'une sorte de mécanisme contrôlant le tout. »

Angh s'adressa à Bruvan. « C'est leur mère. C'est elle qui contrôle tout. »

Le Commandant Bruvan écouta deux longues

minutes, je retenais mon souffle. Il était en train d'écouter avec le même neuro-processeur expérimental dont j'étais équipée. Il entendait forcément. C'était obligé. Trop de vies étaient en jeu, on n'avait pas droit à l'erreur.

« Je n'entends rien, Commandant Phan. Et sauf votre respect, le Seigneur de guerre Anghar est trop contaminé par la technologie de la Ruche pour que son opinion soit digne d'être écoutée. »

Angh poussa un grognement. Je lui fis un signe de la main pour qu'il reprenne sa place dans la zone destinée aux pilotes. « Bruvan, écoutez-moi s'il vous plaît. Le Commandant Karter a demandé à ce que le Seigneur de guerre Anghar participe à cette mission pour une bonne raison. Nous ne sommes pas là pour rien. Nous devons travailler en équipe, et non pas nous bouffer le nez et ressasser le passé. Je vous en prie. Je vous assure que c'est pas des explosifs qui vont régler le problème. Nous devons nous emparer de cette mère. »

Dorian me soutenait. « Les explosifs risquent de provoquer une attaque de la Ruche à grande échelle, Commandant. Un impact pourrait être attribué à des débris volants, un météore ou un astéroïde. Mais deux pourraient les alerter sur la présence du Bataillon.

– C'est noté, Capitaine. Mais c'est moi qui suis chargé de cette mission et nous allons détruire cette chose immédiatement.

– Oui Commandant, » grommelai-je en sautant dans mon siège tandis que Dorian, Angh, et deux guerriers Prillon s'asseyaient calmement et écoutaient le murmure dans leurs microphones. Les deux experts en explosifs placèrent leurs bombes, l'équipe se reconnecta et tourna le dos pour retourner à leurs navettes. Une fois en sécurité à l'intérieur, ils appuieraient sur leurs détonateurs et on n'aurait plus qu'à filer comme des dératés.

« Mets-nous en sûreté, Dorian. J'ai pas envie d'être là quand ça va péter.

– Oui, Commandant. » Mon mari parlait d'une voix très professionnelle mais le collier ne mentait pas. Il était soulagé de me mettre hors de danger. On repartit, Dorian nous écarta le plus possible du filet grâce aux propulseurs du vaisseau sans qu'on se fasse repérer par leurs systèmes de détection.

Mais on n'était pas encore tirés d'affaire, loin de là.

Bruvan et son équipe réintégrèrent leurs navettes, il donna l'ordre à Izak de les ramener en lieu sûr.

Il venait juste de s'éloigner du fameux filet lorsque la première déflagration atteignit le moteur avant droit de l'autre navette au-dessus de nous, tel un mur géant surgi de nulle part, abandonnant son repaire pour attaquer le petit vaisseau. Le champ de mines n'explosa pas – les boulets de canon faisaient la taille de nos avions-cargos.

« Putain de merde, murmurais-je.

– Dégage de là, Izak ! » hurla Dorian, mais il était trop tard. Une seconde déflagration toucha le moteur gauche, une troisième atteignit le cockpit.

La communication s'établit et la voix du Commandant Karter rugit dans mes écouteurs. « Rentrez immédiatement. On nous attaque par derrière. Toute une armada de vaisseaux de la Ruche. Appel à tous les vaisseaux pour défendre la Flotte.

– Par tous les dieux, on est coincés. » Dorian se retourna dans son siège de pilote et me regarda. « On est piégés. Tout le bataillon est tombé dans un piège.

– Seth doit-être quelque part par-là, » dis-je en réfléchissant à haute voix. Evidemment qu'il y était, lui et tout le Bataillon avec. On allait tous mourir.

Angh se pencha par-dessus mon épaule et vit la navette d'Izak échapper au contrôle du maillage et revenir vers la Flotte. « Une armada. On n'a aucune chance de survie face à une telle quantité de vaisseaux. Ils vont nous anéantir

– Non. » Je le savais avec une froideur viscérale. « Ils ne veulent pas nous détruire. » La Ruche n'avait pas l'intention de détruire quoi que ce soit. Ils voulaient des clones. Des soldats. De la matière organique à intégrer à leur système, de vrais cannibales, ils n'en avaient jamais assez.

« Non ! » Angh poussa un rugissement qui résonna de façon assourdissante dans cet espace exigu. Je me levai pour tenter de le calmer. Je savais ce que nous avions à faire. Je le *sentais*.

« Vous êtes prêt, Seigneur de guerre ? »

Dorian se tourna vivement vers moi, en proie au doute et la colère. Mon calme et ma détermination le déstabilisaient. La bête était la seule à me comprendre à bord de ce vaisseau. Elle aussi, entendait.

Les quatre guerriers focalisèrent toute leur attention sur moi mais je ne paniquai pas. J'avais la sensation de vivre un voyage astral. Je ne ressentais ... rien.

« Le Seigneur de guerre Anghar et moi-même allons enfiler une amure externe et nous glisser à travers ce maillage afin d'aller voir ce qui se passe de l'autre côté. Les explosifs sont placés à intervalles réguliers. Lui et moi entendons leurs communications, on les évitera sans problème. » J'observais Angh qui m'écoutait attentivement. Il clignait doucement ses gros yeux, comme pour mieux assimiler ce que je disais. « Une fois de l'autre côté, on s'approchera du cœur de la matrice grâce à nos propulseurs.

– Détruire leur matrice, » annonça Angh. Il était en train d'enfiler l'armure spéciale qui nous permettrait de sortir de la navette et d'affronter la froideur sidérale de cet espace d'un noir d'encre.

« On va installer les explosifs, trouver la matrice à la source de ce réseau et l'atomiser. Le filet anéanti, le Commandant Karter ne craindra plus que la Ruche attaque le restant du Bataillon.

– Vous ignorez où se trouve leur matrice, » dit l'un des guerriers Prillon. On ne sait même pas comment ça s'appelle. Si vous vous aventurez trop loin sur le filet ou échouez, on ne pourra pas vous récupérer. »

L'autre Prillon regarda Angh et soutint mon regard. « Si vous êtes piégés de l'autre côté, les propulseurs n'auront pas assez de combustible pour vous ramener à bord du vaisseau. »

Il disait vrai mais on devait foncer. On ne pouvait pas perdre tout le Bataillon. Tous ces gens, cinq mille personnes, pas seulement des guerriers, des enfants aussi. Je regardais la bête. « Ça vous pose problème, Angh ? »

Il soutint mon regard. Nous connaissions tous les deux les enjeux. « Non, ma Dame. Absolument pas. »

Je me tournai vers Dorian avant que ses émotions contenues n'explosent sans aucune retenue. « Personne d'autre ne peut le faire, Dorian. On est les seuls à les entendre. Ce sera invisible, blindé, comme les fois précédentes. Si on ne le trouve pas et qu'on ne le détruit pas, le Bataillon sera entièrement détruit, intégré, même les enfants. Tout le secteur sera anéanti, nous protégeons six planètes, Dorian, des milliards d'individus, on doit essayer. »

Dorian ne répondit pas et m'enlaça étroitement contre lui. « T'as intérêt à me revenir, ma femme.

– Promis. » Je reviendrai, point final. Il était fort possible que je sois enceinte, il était *hors de question* que cet enfant naisse dans la Ruche. Intégré dès la naissance, son corps et son esprit détruits.

Plutôt mourir.

Les guerriers Prillon s'écartèrent afin qu'Angh et moi puissions enfiler les armures spéciales qui nous permettraient de nous propulser dans l'espace.

On s'équipa à la vitesse grand V. Les guerriers vérifièrent deux fois nos combinaisons afin qu'on puisse infiltrer les lignes ennemies.

Dorian tendit à Angh un sac rempli d'explosifs.

« Donne-m'en un aussi au cas où. »

Un guerrier Prillon situé derrière moi me tendit un sac similaire. Je poussai un grognement en le mettant sur mon dos, il devait peser vingt kilos au bas mot mais une fois dans l'espace il ne pèserait plus rien.

« Prêts ? hurla Dorian depuis son siège de pilote.

– Prêts, » hurlai-je en retour.

Angh et moi nous dirigeâmes vers le petit sas de décompression situé à l'arrière du vaisseau. Nous étions serrés l'un contre l'autre, manquant de place. L'immense seigneur de guerre s'empara d'une sangle de près de trois mètres de long afin de nous attacher ensemble par la taille. Si on dérivait, on dériverait ensemble.

La porte se referma, nous étions séparés du reste de la

navette. Je posai la paume de ma main sur la paroi vitrée qui nous séparait, Dorian fit de même.

« Je t'aime, Dorian. »

Ce furent mes dernières paroles avant que l'arrière de l'habitacle ne s'ouvre et que je m'éjecte au plus profond de l'espace avec Angh.

13

eth

« ReCon 3, à vous. Ici le Karter. »

Je me penchais par-dessus son épaule tandis qu'il prenait la communication. « ReCon 3. Ici Mills.

– Capitaine, ici le Karter. On nous attaque, le Bataillon est pris au piège entre un filet et l'armada de la Ruche. Vous avez pour mission de secourir l'équipe de Renseignements sur la navette 547 et retourner immédiatement à bord du Karter pour la suite des ordres de combat.

– Putain de merde. » Trinity se leva d'un bond sur ma droite, Jack sur ses talons.

– Une armada ? Constituée de combien de vaisseaux de la Ruche ? demanda Jack.

– Beaucoup trop. Rapatriez l'équipe des Renseignements. Karter, terminé. »

La communication coupa, la gravité de la situation dans laquelle était plongée mon équipe me submergea tel un ouragan. Il s'agissait de troupes aguerries, expérimentées, aussi bien sur Terre que dans l'espace. On n'avait jamais entendu parler d'une attaque de la Ruche d'une telle ampleur.

« Allons secourir ces espions et rentrons mettre nos fesses au chaud à bord du Karter, les gars. » Je tapotai l'épaule de mon pilote. « Que disent les radars ?

– La navette-furtive 546 a perdu ses deux moteurs et est en train de dériver.

– Ses deux moteurs ? Comment est-ce possible ? » Je scrutai l'écran et identifiai le petit vaisseau. J'eus impression que l'arrière de la navette avait grillé sur un barbecue géant.

« On dirait le tir d'un canon, lança Trinity.

– Oui, mais d'où ? » demanda Jack.

Devant nous s'ouvrait l'espace sidéral, nous avions appris lors du briefing avant le décollage l'existence d'un filet invisible et l'explosion de l'avion-cargo. Il y avait forcément quelque chose. J'ignorais que l'espace avait une personnalité ou une présence à proprement parler. Je l'avais toujours cru vide. Le… néant. Mais en regardant mieux cette immensité d'un noir d'encre, j'aurais juré être en mesure de sentir quelque chose de différent, une menace.

« Sortez les grappins et ramenez cette navette ici. J'ai un mauvais pressentiment. » Je me tournai afin que toute mon équipe entende. « Mettez vos casques. Verrouillez-les, on risque de dépressuriser à tout moment. »

J'enfilai mon casque et m'assurai que les prises d'air soient bien dégagées, le sifflement du casque qui se referma me rassura. J'indiquai du doigt quelque chose flottant sur l'écran et qui attira mon attention. « C'est quoi ce truc ? »

Le pilote s'empêtrait dans ses commandes, le copilote répondit à sa place. « C'est la navette-furtive 539, Capitaine. Ses moteurs sont plein gaz. »

Un frisson me parcourut tandis qu'on s'approchait, les émotions de Dorian me submergeaient, j'en tremblais presque. Dorian était à bord de ce vaisseau, retenu par un simple fil. C'était extrêmement puissant. « Ramenez cette navette, immédiatement. »

Le pilote obtempéra, Dorian répondit à mon appel. Je n'allais pas m'encombrer de formalités, les émotions qui me bombardaient parlaient d'elles-mêmes.

« Où est-elle, Dorian ? Qu'est-ce qui se passe ? »

Dorian récapitula brièvement la mission, l'altercation entre notre femme et le Commandant Bruvan et sa décision de faire exploser un des hubs du fameux filet, à cet instant précis, ma femme flottait dans l'espace, attaché à un Atlan, et franchissait le filet avec uniquement quelques réserves de combustible fixées dans le dos.

« Putain de merde. Et tu l'as laissée partir ? » Je lui posai la question tout en connaissant déjà la réponse. Il n'avait pas eu le choix. Nous n'avions pas le choix. C'était un commandant. Une guerrière. C'était à prendre ou à laisser.

Mais *là* c'était franchement *pas* possible.

« Laisse tomber Dorian. Je sais bien que t'avais pas le choix. »

Dorian partit d'un petit rire qui se voulait rassurant mais personne n'était dupe. « Tu as raison. Tout comme la tâche de sauver Izak et tout le monde à bord de ce vaisseau t'incombe, tu dois me laisser m'occuper de Chloé. »

J'aurais bien voulu laisser Bruvan pourrir là où il était mais ce n'était pas une solution. Izak était un pilote d'élite et un bon guerrier. Je n'avais pas le droit de le laisser tomber. « Bordel. Je veux des rapports constants, Dorian. »

Il avait compris, je le savais, la même inquiétude s'empara de nous au même moment. Une fois cette vague émotionnelle passée, nous étions plus déterminés que jamais. Le sens du devoir. Nous ferions ce qu'il y avait à faire. Pour Chloé, pour tous les autres, nous étions des soldats et nous avions une mission à accomplir.

« Tu sais très bien à quoi je pense, Seth. Ce serait bien que ton équipe de reconnaissance reste à proximité quelques minutes supplémentaires une fois qu'on aura localisé la navette. Au cas où on doive la récupérer.

– Bien reçu. » Le pilote mis un terme à sa communication et je me tournai vers mon équipage. « Allons sauver le connard qui a mis ma femme en danger. »

Trinity m'adressa un sourire. « On se tape une petite rétrogradation, Capitaine ? » Elle faisait référence à la fois où j'avais eu un problème avec les ordres émanant d'un autre Capitaine de patrouilleurs. J'avais perdu deux hommes à cause de ce crétin provenant de Terre et il avait endommagé mon vaisseau, tout ça parce qu'il avait refusé d'abandonner la course-poursuite contre un vaisseau d'éclaireurs de la Ruche. *Après* qu'on avait réussi à éviter qu'il aille moisir en unité d'intégration. Il s'en était fallu d'un cheveu qu'il devienne à son tour un cyborg de la Ruche.

Je comprenais sa colère. Même lorsqu'il avait les commandes de mon vaisseau et nous avait mené au combat, combat qu'on avait forcément perdu. Je m'étais fait un plaisir de lui foutre mon poing dans la gueule une fois tirés d'affaire. Ce coup d'éclat m'avait valu une rétrogradation en tant que lieutenant pendant trois mois. Mais il avait toujours le nez de travers et n'osait pas me regarder en face. C'était amplement mérité.

« Absolument, » dis-je en souriant.

Chloé

L'ESPACE ÉTAIT FROID. C'est ce à quoi je songeais tandis que je dérivais avec Angh de plus en plus près de ce faisceau d'explosifs dont le vrombissement piégerait nos hommes, qui tomberaient alors sous les feux de l'attaque de la Ruche. Pas seulement le froid, mais le silence assourdissant. Comme si on était perdus au milieu de nulle part. Complètement et irrémédiablement seuls.

Même perdue dans mes pensées, la détermination de Dorian qui m'envahit via le collier me fit réaliser que je n'étais pas vraiment seule, et que je ne le serai plus jamais. J'étais mariée, je sentais leur connexion. Mes hommes étaient à moi. Si je voulais les revoir, sentir leurs caresses, les embrasser... je devais vivre. Je devais par conséquent arrêter de paniquer et me concentrer sur ce que j'étais en train de faire.

Angh tira sur la ligne de vie qui nous reliait jusqu'à ce

qu'on se retrouve face à face, il me prit étroitement dans ses bras. « Il va falloir se faire tout petit.

— Compris. » Je passais mes bras autour de sa taille et me plaquais le plus possible contre lui. Cette étreinte n'avait rien d'intime à proprement parler, pas avec nos armures et nos explosifs capables de faire péter une petite planète de la taille de la lune, mais intime tout de même.

On entendait l'appel de la matrice, la connexion avec le filet, ce truc relié à l'esprit-même de la Ruche. On était sur la même longueur d'ondes tous les deux.

« On approche du faisceau. Ne bouge plus, » m'expliqua Angh en utilisant ses propulseurs à plein régime pour naviguer dans l'espace entre les mines de la Ruche. Ça vrombissait, l'électricité statique grésillait autour de nous, semblable aux petits crépitements qui se dégageaient lorsque j'oubliais de mettre de l'adoucissant et sortais mes pulls tout rêches du sèche-linge.

Sauf que ce n'étaient pas de petites décharges électrostatiques et que si on se prenait une bonne châtaigne, on était morts.

Le trou constitué par les mines de la Ruche me donnait l'impression de flotter dans une sorte de tunnel. Nous émergeâmes bientôt de l'autre côté. Le vrombissement était bien plus ténu, mais l'attraction du hub de la matrice plus puissant. Bien trop puissant. Partout et nulle part à la fois.

Angh me lâcha une fois en sûreté et nous dérivâmes, côte à côte. Nous scrutions tous deux la zone, à la recherche de notre cible.

« Je vois rien, et toi ? demandais-je.

— Moi non plus, mais je la sens.

— Moi aussi. » Nos communications paraissaient

déconnectées de l'autre côté du faisceau. Je n'entendais plus les discussions entre Dorian et les autres vaisseaux. Il n'y avait que moi et la bête. « Dérivons encore quelques minutes. Essayons d'écouter. »

Son grommellement d'approbation me suffit, nous flottions à l'écart de la navette, du faisceau, du combat qui se déroulait derrière nous. Les murs de mines de la Ruche semblaient tout assourdir. Je voyais des éclairs lumineux, des explosions et des rayons laser, tout semblait provenir de derrière un halo.

J'allais lui proposer de rentrer lorsque j'entendis ce vrombissement à basse fréquence. Je me retournai et tirai sur la ligne de vie qui me reliait à Angh. « Là. T'as entendu ?

– Oui. C'est là devant. »

Il avait raison. Je le sentais aussi.

Quand on parlait du loup on en voyait la queue. Une étrange forme ovoïde dix fois plus grande que notre navette, aussi noir que du bitume, le hub de contrôle de la Ruche, flottait tel un fantôme dans un océan de ténèbres.

Il était entièrement lisse, totalement dépourvu d'angles, aucune porte, aucune cheminée d'évacuation ni poignées, aussi noir et lisse que du marbre. « Angh, on est assez… équipés ? » Je ne voulais pas employer le terme *explosif* au cas où la Ruche nous écoutait.

« Je ne sais pas, ma Dame. » Nous échangeâmes un regard et nous approchâmes de l'objet. J'étais quasiment sûre que ce truc n'avait personne à bord. C'était un système automatisé, une intelligence artificielle contrôlée à distance par la Ruche. Dieu seul savait depuis quand ce truc existait. Des jours ? Des mois ? Des années ?

Une fois assez proches, on le touchait presque, je pris

mes premiers explosifs dans mon sac et les fixai prestement à la paroi. Ils étaient programmés sur cinq minutes. Le compte à rebours débuterait une fois le dernier explosif placé, ou dès qu'on appuierait sur le bouton.

Toujours reliés l'un à l'autre, on flottait le long de ce machin, plaçant les explosifs partout. J'ignorais la bataille qui faisait rage derrière nous. Si on ne parvenait pas à détruire ce truc, on perdrait d'autres combattants, d'autres avions-cargos, nous serions tous anéantis.

Nous avions effectué un tour complet autour de l'objet et nous étions arrêtés à son extrémité, Angh avait remarqué une première différence visible dans cette coque parfaite. Il indiqua un hub semblable à une antenne-relais argentée en cristal, le ronronnement dans ma tête s'intensifiait au fur et à mesure que j'approchais. « Je vais poser mon dernier explosif ici. »

Je hochai la tête et vérifiai plutôt deux fois qu'une le contenu de mon sac, maintenant vide. « Ok. On se casse. »

On dériva ensemble. Je volais tel un cerf-volant virevoltant dans le vent, relié à la ligne de vie tandis qu'Angh cheminait plein gaz vers l'extrémité du vaisseau. Il passa derrière, posa le dernier explosif sur le vaisseau, juste sous le cristal émergeant de son extrémité. Je frémis de soulagement en constatant que l'explosif était désormais en place, la lumière de mon casque vira au rouge, indiquant que le compte à rebours avait débuté.

Angh sourit d'un air menaçant. Il se dégagea de l'objet volant et replia ses jambes afin de nous en éloigner.

Un éclair bleuté émana du hub volant de la Ruche, juste sous ses jambes, sous son corps. On aurait dit la créature de Frankenstein revenant à la vie.

« Angh ! » je tirai sur la ligne de vie qui nous reliait, allumai mes propulseurs afin de l'aider à s'écarter de l'orbite et le tractai derrière moi tel un poids mort, alors que nous nous éloignons. Je me fichais de savoir dans quelle direction nous allions, l'essentiel étant de s'éloigner de ce putain de centre de contrôle de la Ruche.

Et de la quantité phénoménale d'explosifs qui allait péter d'une minute à l'autre.

« Angh. Tu m'entends ? » Mon cœur battait si bruyamment dans mes oreilles que je n'entendis presque pas son gémissement. « Angh. Réveille-toi. Remue-toi Seigneur de guerre. Faut qu'on dégage d'ici. »

Il agita les mains, je poussai un soupir de soulagement. A ma grande surprise, il défit la corde qui me reliait à lui, m'écarta et me poussa en direction de notre vaisseau. « Vas-y ma Dame. Va-t'en.

– Non. Je pars pas sans toi. »

Sa voix trahissait sa fatigue. « Cette lumière bleue a provoqué quelque chose. Mes propulseurs sont presque vides. J'arriverai pas à rentrer. Tu peux rentrer toi. Pars. Va-t'en. Va retrouver tes maris. Je ne suis rien moi. Laisse-moi.

– Non. Bordel de merde, Angh. Ne te sacrifie pas pour moi. » Son geste n'était pas un sacrifice au sens propre du terme. Il avait raison. La déflagration émanant de cet engin de la Ruche avait grillé ses propulseurs et nous étions vraiment très loin du vaisseau. J'arriverai à rentrer seule, quant à traîner une bête ? J'en n'étais pas si sûre que ça.

« Va-t'en. Va retrouver tes maris.

– Non. » Je m'approchai. il me repoussait, essayant de

me forcer à l'abandonner. « Putain de merde, Angh. Tiens bon. Je te lâcherai pas, c'est un ordre. »

Je finis par arriver à traîner cette bête entêtée derrière moi. Je passai mon bras autour des sangles de son propulseur afin qu'il ne puisse pas m'atteindre et allumai mes propulseurs, prenant le plus de vitesse possible.

Si le faisceau n'avait pas cédé aux explosifs, on risquait de griller quand on le franchirait. Mais si le faisceau ne cédait pas, on serait tous atomisés.

L'explosion fut aveuglante. Brillante. Si intense que j'eus l'impression que mon armure spatiale fondait littéralement derrière mes jambes, ça me brûlait. J'ignorai la douleur et poursuivis mon chemin. Je mis plein gaz jusqu'à que je sois presque à sec.

Et nous dérivâmes.

Piégés. A court de carburant et d'oxygène.

Le faisceau était toujours là.

Dorian

La déflagration ébranla la petite navette, les deux guerriers prillons pestaient comme des malades. Ils se cognaient partout tels des balles rebondissantes. Lorsqu'ils retrouvèrent leur équilibre, le plus âgé des deux cousins se sangla dans le siège du co-pilote.

« Où est ta femme, Dorian ? »

Je vérifiai les radars et scrutai mon écran. Je ne voyais rien. « J'en sais rien. »

La communication s'établit. Je sus de qui il s'agissait

avant même d'entendre Seth à l'autre bout. « Dis-moi que Chloé ne se trouvait pas en plein milieu de l'explosion.

– J'en sais rien. On la cherche. » Inutile de lui dire à quel point j'étais pressé de la trouver. Il le sentait.

« Tiens-moi au courant. » Seth coupa la communication mais je n'y prêtai pas attention, toute ma concentration était entièrement focalisée sur retrouver la seule femme de toute la galaxie qui comptait à mes yeux. Ma vaillante et courageuse épouse.

« Je vois quelque chose. » Le Prillon à côté de moi indiqua les radars et zooma l'écran. C'était Chloé, le dos de son armure était carbonisé et effiloché. Elle tenait Angh par le dos et le ramenait avec elle. J'étais soulagé de la voir vivante.

Le Seigneur de guerre semblait inconscient.

Mais qu'est-ce qu'il leur était arrivé bon sang ?

« Ils sont toujours de l'autre côté du faisceau.

– T'arrives à détecter leurs fonctions vitales ? » demandais-je. Le co-pilote effleura les commandes, reliant le système du vaisseau aux combinaisons spéciales de Chloé et Anghar.

« Anghar est dans un état critique. Manque d'oxygène. Sa combinaison a subi une dépressurisation, sa température corporelle est basse. »

Putain. « Et Chloé ? » Je ne la voyais plus en tant que Commandant Phan pour le moment. Elle était à moi. Ma Chloé, mon épouse.

« Manque d'oxygène. Sa température n'a pas baissé mais elle manque d'air.

– Combien de temps leur reste-t-il ? »

Il consulta le pupitre de commande. « Moins de cinq minutes.

– Je pars à sa recherche. J'imagine que vous avez pas envie de me suivre, d'enfiler une combinaison spatiale et de partir dans l'autre direction. »

Mon copilote poussa un grognement, comme si je l'avais insulté, son cousin s'agenouilla au sol devant moi. « Tu vas devoir franchir le faisceau. Je vais enfiler une combinaison et me préparer à les récupérer. » Le guerrier Prillon se leva, se dirigea vers l'arrière de la navette et commence à enfiler une combinaison spatiale identique à celle d'Anghar et Chloé. Je devais faire en sorte de m'approcher assez pour pouvoir les ramener.

« On va d'abord toucher le réseau, dit mon co-pilote. Ce vaisseau est légèrement armé. »

Je m'emparai des commandes du canon laser. « Accroche-toi. Ça va secouer.

– Excellent. » Le Prillon rugit derrière nous tandis que j'ouvrais le feu, en prenant soin de ne pas viser en direction de ma partenaire sans défense.

La déflagration fit son office, le hub explosa, une poussée d'énergie se propagea le long des lignes invisibles du hub... et du suivant, comme par ricochet. Tout le faisceau bascula dans une cascade rouge feu, dans une explosion assourdissante si puissante qu'elle fit valdinguer la petite navette. L'effet de vague de chaque détonation eut pour effet de poussa Anghar et Chloé encore plus loin de la navette.

« J'y vais.

– Fonce. » Le Prillon derrière moi abattit sa main sur le pupitre de contrôle manuelle, me plaquant avec le co-pilote à l'arrière de la navette privée de son atmosphère. Il était sanglé à un point le rattachant à l'extérieur des portes, le froid glacial de l'espace s'insinuait à l'intérieur tandis que je filais à toute allure vers le faisceau.

« Contact dans 3, 2, 1. »

Le cockpit de la navette fonça dans les débris de l'un des hubs. Le moteur peinait, je le poussais à bout jusqu'à ce que la structure atteigne la limite du point de rupture.

J'établis la communication tout en partant à la recherche de ma femme. « Commandant Karter, ici le Capitaine Kanakar.

« Je vous écoute, Capitaine. » La voix du commandant était sèche et professionnelle, j'entendais le chaos de la bataille qui faisait rage sur le poste de commande du Cuirassé.

« Le réseau n'est plus, Commandant. Le bataillon va pouvoir passer au travers. »

Le bruit des applaudissements emplissant la salle de commandes du vaisseau nous parvint mais je n'avais pas envie de rire. Pas encore. Pas tant que ma femme ne me serait pas revenue.

« Compris, Capitaine. Et le Commandant Phan ?

– Je n'ai pas encore de nouvelles, Commandant. On va les récupérer, elle et le Seigneur de guerre Anghar.

– Que les dieux vous protègent, Capitaine. » La communication retomba et je mis les gaz en direction des petites cibles volantes que j'avais identifiées comme étant l'Atlan et ma femme.

On s'approcha et je serrai les dents tandis que le guerrier Prillon sortait à l'arrière de la navette. Son absence de quelques minutes me parut des heures, le Prillon revint avec Chloé et Anghar.

Ils arrivèrent en flottant à l'arrière de la navette, la porte extérieure se referma. La chambre mit de longues minutes à se pressuriser afin de s'ouvrir ensuite sur l'intérieur. J'abandonnai les commandes à mon co-pilote, me précipitai auprès de Chloé et ôtai son casque.

Elle cligna lentement les yeux, comme si elle voyait trouble et me sourit. « On a réussi.

– Oui mon amour. Vous avez réussi. Vous nous avez sauvé la vie. » Je m'agenouillais devant elle tandis que le Prillon enlevait sa tenue et s'occupait de l'Atlan. Nous nous trouvions dans une zone contrôlée par la Ruche, au-delà du faisceau désormais anéanti mais je ne voulais pas courir le moindre risque. J'ordonnais au co-pilote de nous rapatrier à la rampe de lancement principale du Cuirassé Karter le plus rapidement possible.

Chloé

C'ÉTAIT la folie à bord du Karter. Notre petit vaisseau arrimé, une équipe de maintenance vint à notre secours et nous aida à nous délester de nos armures désormais superflues et de nos armes.

Le Commandant en personne s'approcha avant même que je détache le holster à ma cuisse.

« Commandant, » dit-il. J'interrompis ce que j'étais en train de faire et lui accordais toute mon attention. « Beau travail. » Il jeta un œil en direction de Angh et du Prillon qui l'aidait à se débarrasser de tout son attirail.

« Il a besoin d'un médecin, Commandant, » lui dis-je. Dorian se tenait à mes côtés. Je sentais la connexion via le collier, bien plus intense que sa main posée apparemment froidement sur mon épaule. Mais je savais qu'il se retenait de ne pas montrer que je lui appartenais.

« J'en n'ai pas besoin, répondit Angh, en esquissant un semblant de rictus.

– Excellent travail, Seigneur de guerre Anghar. Rendez-vous au dispensaire, vous et votre bête. C'est un ordre. »

Angh me regarda. « Tu m'as sauvé la vie. »

Je secouai la tête. « On se l'est sauvée mutuellement. On a fait ce qui avait à faire. »

Il n'apprécia pas vraiment ma réponse mais hocha la tête et regarda le commandant. Il n'avait que faire de l'assistance du Prillon. « J'irai au dispensaire sur mes deux pieds, » grommela-t-il. Vu son ton grognon, il s'en sortirait.

Nous le vîmes s'éloigner et quitter la zone de la navette. D'autres personnes lui emboîtèrent le pas. Ils lui devaient le respect en tant que Seigneur de guerre, mais étaient tout à fait conscients qu'il nous avait tous sauvés.

« Chloé ! »

J'entendis mon prénom au moment même où un immense sentiment de soulagement et de possessivité envahit mon collier. Seth.

Je pivotai et me retrouvai subitement dans ses bras, il m'enlaçait si fort que l'air me manqua presque.

« Capitaine, laissez respirer le Commandant, » lança Karter.

Seth me reposa sans me lâcher pour autant. « Sauf votre respect, Commandant, Chloé vient de franchir le faisceau dans une putain de combinaison spatiale pour poser des explosifs et faire péter ce putain de hub qui contrôle tout le réseau. Ceci fait, un seul tir de l'autre vaisseau a annihilé ce satané machin. Elle a accompli un truc de dingue vachement dangereux, alors si j'ai envie de tenir ma femme dans mes bras, je vais pas m'en priver. »

Oh merde.

Le commandant observa Seth en silence. Je sentais l'attitude de défi de mon époux via le collier.

« Accordé, finit par répondre le commandant. Vous pouvez garder votre femme dans vos bras. C'est amplement mérité. »

Dorian s'éclaircit la gorge et Karter remua la tête. « Vous l'avez bien mérité tous les trois.

– Vous vous prenez pour qui Commandant Phan ? Oser désobéir à mes ordres ? » La voix de Bruvan résonna dans la navette tandis qu'il s'approchait de nous à pas lourds, suivi par son équipage, pas hostiles, intimidés dirais-je.

La voix impérieuse du Commandant, son attitude, son existence-même, me hérissaient littéralement.

Seth me lâcha, se dirigea vers Bruvan et lui donna un coup de poing dans la figure. Je le regardais, immobile, surprise.

Bruvan était plié en deux, il porta sa main à son visage et jura. Vu le bruit, Seth lui avait pété le nez.

« Mettez-moi en cellule, Commandant. J'en ai rien à foutre, » ajoutant Seth en me reprenant dans ses bras. Je sentais sa colère, son souffle court.

« Vous avez vu, vous êtes tous témoins. Commandant, vous devez—

– La ferme, » répondit Karter.

Bruvan se releva doucement, la main sur le nez, le sang coulait sur son menton et son armure.

« Mais ils ont désobéi aux ordres et ce Capitaine m'a agressé.

— Oui effectivement, c'est grâce à eux si tout le Bataillon n'est pas tombé aux mains de la Ruche. Quant à l'agression dont vous avez été la cible, disons que le Capitaine Mills l'a fait en mon nom. Ça la foutrait mal que le Commandant de tout un Bataillon frappe l'un de ses subalternes. À moins que vous voyez ça aussi comme de l'insubordination ? »

Bruvan le regarda de travers, il respirait bruyamment.

« J'ai entendu les communications, Commandant. Ce que vous avez ordonné à votre équipe, comment vous avez empêché l'autre navette d'avancer. Le rapport que Dorian a fait à la Patrouille de Reconnaissance. Tout. Vous avez peut-être l'habitude d'agir de la sorte au service des Renseignements, mais c'est pas comme ça que ça marche ici. »

Je sentais la main de Dorian sur mon épaule.

« Vous avez agi de façon imprudente et à l'encontre de toutes les règles du protocole. Je vous dégrade de votre titre de commandant ici et maintenant, vous passerez en cour martiale, qui statuera sur la peine encourue. »

Une immense surprise m'envahit. Sacré karma. Je n'avais pas attendu de sauver tout un bataillon pour obtenir mon salut mais c'était un avantage non négligeable.

Bruvan se mit à gueuler et déblatérer comme quoi les Renseignements leur cacheraient désormais toutes les transmissions, que son comportement n'avait rien de répréhensible.

« Rien de répréhensible ? Si les actes dont nous avons tous été témoins relèvent d'après vous d'un comportement *banal*, il va falloir que je discute avec les Renseignements et faire en sorte que vos missions précédentes soit considérées comme nulles et non avenues. »

Commandant Karter fit signe à une équipe de sécurité d'approcher. « Emmenez Bruvan dans ses quartiers, et surveillez-le de près. »

Mon ennemi fut emmené en quelques secondes, j'espérais bien que c'était la dernière fois que je le verrai.

« Vous aussi, Commandant Phan.

– Commandant ?

– Vous pouvez disposer. Aller dormir. Vos époux ont la permission de vous garder douze heures dans leurs quartiers. Si je vous vois réapparaître avant, je vous dégrade immédiatement. »

Seth murmurant dans un souffle chaud à mon oreille « Ne t'inquiète pas, on va te foutre à poil. Tu risques pas d'être dégradée. »

14

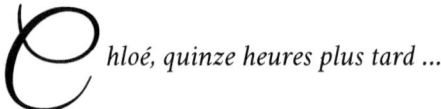

hloé, quinze heures plus tard ...

« Ça va aller ? » demandai-je à Angh. Nous étions toujours dans la salle de téléportation. On s'était tous débarrassés de nos lourdes combinaisons spatiales mais la plupart des guerriers exsudaient encore la sueur, la peur et la guerre. Ils n'avaient pas eu droit à une pause comme moi. Mais nous étions tous là. Et cette victoire n'aurait pas été possible sans l'immense Atlan qui se tenait devant moi. Je savais que mes époux me regardaient mais je n'y voyais rien avec la silhouette massive d'Angh devant moi. Il avait l'air hagard, comme s'il n'avait pas pris de repos. Il porte toujours son armure, j'ignorais s'il avait dormi ou mangé ou s'était posé ne serait-ce qu'un moment depuis notre retour.

Mes époux ne m'avaient pas quittée d'une semelle depuis notre retour du combat. On s'était écroulés sur le lit, enlacés et on avait sombré dans le sommeil. Puis ils m'avaient déshabillée. Tous les trois à poil, on s'était sautés dessus comme des bêtes. J'étais à moitié allongée sur Seth tandis que Dorian me prenait par derrière. Je ne pouvais pas leur en vouloir. Ils avaient envie de me toucher, je ressentais exactement le même besoin. Tandis que nous étions dans la salle de téléportation, et bien que je puisse le sentir via les colliers, même à travers la carlingue du cuirassé, j'avais besoin de m'assurer de leur présence en les voyant de mes propres yeux. De les sentir vivants et sains et saufs.

Angh n'avait plus besoin de soins et était prêt à partir. Sa vie n'était plus parmi nous. Une nouvelle vie l'attendait, dans la Colonie.

Angh hocha la tête. « Bien, Commandant. »

Je levai les yeux au ciel sans le vouloir. « On a combattu ensemble. C'était bien plus qu'un simple combat. » Je portai ma main à ma tête, légèrement soulagée par le calme relatif du neuro-processeur sous mon cuir chevelu, le vrombissement était toujours présent, ce truc indéfinissable qui me relierait à jamais à cet Atlan, aux autres guerriers contaminés et à la Ruche. « Je crois qu'on peut se passer des formalités, Angh, non ? »

Il se détendit légèrement et hocha de nouveau la tête. « Oui, Dame Chloé. »

C'était certes quelque peu formel mais il semblait presque lui-même, c'était prometteur. C'était un homme de peu de paroles mais je voulais m'assurer qu'il aille bien. « Tu as la chance d'avoir une seconde vie. Il paraît que c'est chouette, la Colonie. » On aurait dit un agent immobilier essayant de passer sous silence les agissements de voisins indélicats. Ça sonnait creux, même pour moi. « De nombreuses épouses provenant de Terre vivent là-bas. Tu pourrais peut-être passer les tests pour trouver une épouse ? » Il resta bouche bée, comme s'il n'avait jamais envisagé pareille éventualité.

« Ah bon ? Je vous assure, Commandant, je voulais dire, Dame Chloé, que le test ne me trouvera jamais aucune épouse compatible.

– Une femme aura bien de la chance de tomber sur un homme tel que toi. » J'étais sincère, j'aurais mis quiconque au défi de dire le contraire. « Tu mérites d'être heureux. Tu es un excellent Seigneur de guerre et un vrai vétéran.

– Merci. »

Le Commandant Karter se joignit à nous et donna une bourrade à Angh. « Les coordonnées sont rentrées, tout est prêt pour le transport. »

Angh s'inclina légèrement et s'approcha pour saluer certains combattants. Il s'arrêta devant Seth.

« Pas de regrets ? » demanda Seth. Je ressentais l'inquiétude de mon mari pour le Seigneur de guerre. Il m'avait dit – je n'étais pas là pour en témoigner - qu'Angh lui avait demandé de le tuer, d'abréger ses souffrances lorsque l'équipe de reconnaissance de Seth était venue à sa rescousse, l'avait endormi et emmené à bord du vaisseau. Angh était si intégré qu'il aurait préféré mourir. Mourir en tant que guerrier était peut-être la meilleure solution pour un guerrier aussi lourdement intégré par la Ruche. Pour Angh, l'équipe de médecins avait été en mesure d'enlever certains de ses implants mais pas tous. Il pourrait vivre presque normalement s'il le souhaitait. Se marier, avoir des enfants, une nouvelle carrière au sein de la Coalition dans la Colonie. Il devait juste le vouloir.

« Merci de m'avoir sauvé la vie, répondit Angh. Excusez-moi de ne pas vous l'avoir dit plus tôt . La bataille a prouvé que je suis toujours un seigneur de guerre et non pas un cyborg de la Ruche, et que je peux encore être utile à quelque chose. »

Je me demandais s'il était sincère. Je nourrissais le secret espoir que les autres membres de la Colonie ayant vécu de pareilles horreurs l'aideraient à passer le cap.

« On reste en contact, Angh. C'est un ordre. » La bête me sourit.

Seth posa sa main sur le bras de l'Atlan, le geste qui s'apparentait le plus à une accolade chez les humains, à bord du Karter.

Angh se déplaça, dit au revoir aux autres et se dirigea vers la plate-forme de transport. Il hocha la tête sans un bruit, le grésillement du courant électrique fit vibrer le sol, j'avais la chair de poule.

Il avait disparu. Vers sa nouvelle vie. l'abri loin de la Ruche, dans un lieux où il pourrait trouver paix et bonheur, du moins je l'espérais. S'il parvenait à entrer en contact avec la Gardienne Egara, ou d'autres humaines de la Colonie, je pourrais peut-être mettre mon grain de sel pour qu'il trouve sa Terrienne. Peut-être que sa bête succomberait à la fièvre l'accouplement. J'en avais entendu parler. Il devrait se marier, sous peine d'être exécuté.

Ça m'attristait, je me promis de contacter la gardienne le plus rapidement possible. Elle pourrait peut-être le pistonner, je ne perdais rien à demander.

Seth passe son bras autour de ma taille et me tira de mes pensées. Je me tournai pour le regarder, il me souriait. « T'es prête ? » demanda-t-il.

Je hochai légèrement la tête. Il m'entraîna vers Dorian. Tout le monde savait évidemment qu'on était mariés, mais on s'était mis d'accord pour ne pas le montrer de façon ostentatoire. On pouvait se toucher et se témoigner de l'affection en privé, lorsque nous étions seuls. J'aimais mes partenaires mais ça la foutait mal pour un commandant de baiser dans les couloirs comme si j'étais une ado. Ils feraient de moi ce qu'ils voudraient quand on serait seuls. Jusque-là, je leur avais demandé de se retenir, chose qu'ils avaient respecté.

Il avait tout à fait le droit de poser sa main sur ma hanche, je lui devais bien ça, c'était agréable.

Pendant qu'on dormait, le Commandant Karter nous informa tous les trois que tous les participants à la Bataille de la Bête, c'est comme ça qu'on l'avait appelée, bénéficiaient de trois jours de permission. Nous ne partirions pas en mission mais nous devions rester à notre poste.

Nous regardâmes Angh disparaître sur la plate-forme de transport.

« Capitaines, » lança le Commandant Karter. Mes époux se tournèrent et le saluèrent, je fis de même. « Je vous donne deux jours de permission. Le docteur estime que le Commandant Phan n'est pas prête à reprendre son poste. Elle va avoir besoin de temps pour récupérer la totalité de ses fonctions neurologiques. »

J'étais soucieux, Dorian lança, « Pourquoi me l'avoir caché ? C'est inacceptable. Je vais parler au docteur sur le champ. » Il n'avait pas du tout l'air préoccupé par l'autre guerrier prillon, notre Commandant.

« Du calme, Dorian. Savez-vous à qui vous osez vous adresser ? »

Seth serra les dents et les poings et secoua la tête si imperceptiblement que je le remarquai à peine.

« Capitaine Mills ?

— Tout va bien, Commandant. Mais je resterai auprès d'elle tant qu'elle ne sera pas remise sur pieds. »

Il nous contempla, mes époux et moi. « Je vous comprends. J'ai envoyé votre épouse en mission dangereuse il y a quelques heures à peine après son arrivée, elle a failli y laisser la vie. Je comprends que vous ressentiez le besoin de la protéger—

— Sauf votre respect, Commandant, abstenez-vous. Vous ne pouvez pas comprendre puisque vous n'êtes pas marié. » Dorian avança légèrement et posa sa main sur mon bras, comme s'il souhaitait me protéger du Commandant. Je m'attendais à ce que le Prillon s'en offense mais il avait l'air de comprendre son attitude primitive. Il semblait même éprouver de la sympathie envers la nature brute de décoffrage de Dorian. C'était un homme bon. Un grand leader. Je me demandais pourquoi il n'était pas marié.

Le Commandant Karter s'inclina légèrement, fit un imperceptible mouvement dans ma direction et non pas dans celle de mes époux. « Dame Mills, si je me fie à la couleur noire de vos colliers, j'imagine que vous n'avez pas encore consommé avec vos maris. »

Je rougis violemment, il savait sans aucun doute qu'on avait baisé comme des lapins la première nuit mais les colliers ne mentaient pas, il n'y avait pas eu d'accouplement prillon officiel. Il savait très bien de quoi il retournait puisque c'était un Prillon. Seth et Dorian devaient me sauter en même temps, éjaculer en moi. Alors seulement les colliers changeraient de couleur et l'union serait officielle. Comme lorsqu'on échange ses vœux de mariage, sauf que là j'allais avoir droit à deux bites pour le prix d'une. Il n'y avait pas de retour en arrière possible, et contrairement à la Terre, le divorce n'existait pas.

Seth et Dorian gardèrent le silence.

« Quarante-huit heures, combattants. Je ne veux pas vous voir, aucun de vous trois, avant ce délai. Je ne veux pas avoir de rapports de vos superviseurs m'avisant que vous avez répondu à l'appel d'une mission. Considérez-vous en repos. Concernant le rôle de votre femme au sein du poste de commandement, je veux la revoir à son poste heureuse et en bonne santé le plus rapidement possible.

– Sauf votre respect Commandant je n'ai pas envie que ma femme reparte en mission. » lança Seth d'une voix glaciale.

Je fis mine de protester mais le commandant me prit de court. « La Ruche nous a tendu un piège. Il se pourrait qu'il y en ait d'autres. Elle a sauvé tout un bataillon, et vos vies par a même occasion.

– Oui Commandant, je n'ai pas envie qu'elle se mette plus en danger que ça, » dit Seth. Il affermit sa prise autour de ma taille et nous fit sortir de la salle de téléportation.

« Elle partira en mission si nécessaire. Ça se passe comme ça ici, Capitaine. Vous connaissez les règles aussi bien que moi.

– Oui, » répondit Dorian en souriant. Qu'est-ce qui s'était passé au juste ?

« Capitaines ? » Nous nous retournâmes à demi pour regarder le commandant. « Faites en sorte que vos colliers soient de la bonne couleur. »

Je m'étais sentie rougir précédemment, pour le coup

j'avais dû virer à l'écarlate. C'était pas tous les jours que votre patron vous intimait l'ordre de vous faire tringler par deux mecs sexy en diable.

Dorian se plaça à mes côtés. Je me sentais petite, protégée, quelque peu perplexe. « Qu'est-ce que Karter a voulu dire par là ? demandais-je

– Il veut qu'on te saute jusqu'à ce que notre union soit officielle. Jusqu'à ce que nous colliers virent au doré, » répondit Dorian. Il était si calme et détaché que je me serais presque attendue à ce qu'il me parle de ce qu'on allait manger à dîner ou de la météo – même si la météo n'existait pas à bord du cuirassé.

Seth rigola en me voyant lever les yeux au ciel. « C'est pas à ça que je pensais. »

Dorian salua une personne qui passait à côté de nous, nous tournâmes à l'angle et arrivâmes dans un autre couloir. « Que tu partes en mission ?

– Oui, » répondis-je, m'assurant qu'ils n'entreraient pas dans les détails quant aux modalités de comment ils allaient me baiser, qui ferait une pénétration vaginale et qui une sodomie. Je le fichais complètement de qui ferait quoi, tout ce qu'ils faisaient … m'excitait.

« En tant que commandant, Karter est pieds et poings liés lorsqu'il envoie son équipe la plus qualifiée en mission. Il est prêt à jouer son va-tout pour sauver son équipage et triompher de la Ruche.

– Exact, » dis-je en essayant de le provoquer. Pourquoi a fait-il preuve d'autant de patience ?

Seth sentit peut-être mon agacement, il poursuivit à la place de Dorian. « Il y a une seule chose qui peut t'empêcher de partir à nouveau en mission.

– Et c'est quoi ?

– Que tu tombes enceinte. Ils enverront des soldats, des officiers, des équipages entiers, mais la Coalition ne courra jamais de risque pour ses propres enfants. C'est la seule chose que tout guerrier défendra bec et ongles. »

Je m'arrêtai illico, mais ils poursuivirent leur chemin et s'arrêtèrent quelques pas devant moi.

« Vous allez faire en sorte que je tombe enceinte en l'espace de quarante-huit heures et après ? Vous comptez m'attacher au bureau ? »

Dorian s'approcha de moi et releva mon menton afin que je contemple ses yeux clairs. « Ordre du commandant, c'est pas nous qui décidons. Viens, on va discuter 'reproduction' dans nos appartements. »

Je bafouillai. « Reproduction ? Je suis pas une vache bon sang. »

Dorian sourit et prit ma main, Seth fit un clin d'œil.

Je sentis leur bonne humeur via les colliers, ils plaisantaient.

Une fois la porte de nos appartements fermée, je croisai les bras sur ma poitrine et attendis avec impatience. « J'espère pour vous que la discussion s'avèrera intéressante.

– On a déjà parlé bébé, » commença Seth. Il dégrafa son holster. « On t'a suffisamment tringlée pour que tu sois enceinte. »

Mon vagin se contractait rien qu'à l'idée. Merde. Je n'avais pas du tout songé à faire un bébé quand on avait couché ensemble, mais c'était une éventualité. Je n'avais jamais imaginé retourner en mission spatiale et risquer ma vie. J'étais normalement destinée à un travail administratif mais le Commandant Karter m'avait offert une tout autre carrière. Pour la première fois depuis que j'avais rencontré mes partenaires, je me sentais partagée.

Dorian tendit sa main alors que j'étais sur le point de parler. « Tu avais décidé de faire un bébé dès ton arrivée.

– C'était avant que je parte en mission. Avant que Karter ne m'octroie ce poste.

– Exactement, répondit Seth, en posant son pistolet laser et son holster sur la table. La donne a changé. T'es pas une simple partenaire. Tu exerces une fonction importante dont Karter aura besoin pour ses futures missions. Tu sauves des vies. »

Sa phrase s'acheva dans un grognement. Je sentais bien qu'il n'était pas du tout content que je parte en mission mais il n'osait pas m'en empêcher. Ils ne m'en avaient pas empêchée lorsqu'ils avaient découvert mon grade et mon expérience.

« Tu vas devoir décider, Chloé. Si tu veux bosser pour le Commandant et les Renseignements c'est ton droit. On t'en empêchera pas.

Je m'arrêtais net, mon cerveau se figea littéralement. « Pardon ? Vous acceptez que je parte en mission top secret ?

– On n'aimerait pas que tu te portes volontaire, » avoua Seth. Il se tourna vers moi et me regarda droit dans les yeux. « Mais si Karter estime que tu es la plus qualifiée pour ce job, alors ok, tu iras bien entendu. Mais on n'arrêtera pas de te sauter. C'est hors de question ma chérie, on va te conduire séance tenante au dispensaire et passer un test de grossesse. On attendra que ce soit fait. »

Je regardai Dorian qui hocha la tête en guise d'assentiment.

Je leur dis que je les aimais, ils le savaient, ils le

sentaient. Mais avec l'accord de Seth, je le sentais d'autant plus. C'est comme si j'étais le Grinch, et que mon cœur augmentait de taille.

J'essuyai les larmes qui roulaient sur mes joues. Je me raclai la gorge, je ne savais pas quoi dire. « Je, hum… ok.

– Tu veux bien passer le test ? » demanda Dorian.

Je fis oui, non, j'étais indécise. C'était complètement dingue.

« Je me suis portée volontaire en tant qu'épouse pour quitter la Terre. Rien ne me convenait. Je ne sentais plus chez moi. Je n'avais pas du tout l'intention de reprendre du service aux Renseignements, vous avez vu Bruvan. Vous imaginez bien que ça ne m'a pas effleuré le moins du monde. J'aime pas l'idée d'être prise pour une vache normande. »

L'argot humain laissait Dorian perplexe. Il s'appuya contre la table et croisa les jambes. Seth prit place dans un fauteuil. Je me plantai devant eux, prête à tout déballer. C'était le bon moment. Il ne devait plus y avoir de secrets entre nous—la mission avait eu le mérite de résoudre le problème—et Karter nous avait accordé deux jours de permission.

« Au début, quand on a parlé bébé, l'idée me branchait. Et puis tout est parti en live et pour tout vous dire, avoir ou faire un bébé n'était plus du tout ma priorité. L'idée de m'engrosser en plein combat vous est venue ? »

Seth serra les dents. « Hormis devoir composer avec tout ce bordel , je voulais que tu sois saine et sauve ainsi que tous les membres de la mission.

– J'ignore ce qu'est un bordel, ajouta Dorian. Mais effectivement un bébé était le cadet de mes soucis. J'étais plus préoccupé par le fait que notre vaisseau reste intact.

– Donc avant de m'inonder de sperme, répondis-je, en regardant Seth pour reprendre ses propres termes, il est temps pour moi de vous dire le fond de ma pensée. »

Ils attendirent.

« Je veux bosser pour le Commandant Karter. Je peux pas rester sans rien faire et laisser la Ruche gagner, alors que je peux me rendre utile. Je veux partir en mission si Karter le juge utile. J'ai du boulot, tout comme vous. Je peux pas rester plantée sans rien faire. D'autres guerriers mourront sans mon aide. Ça ne me convient pas du tout. Je peux pas vivre le sachant.

– Tu crois que tu en serais là si Karter n'avait pas compris que t'avais l'étoffe d'un héros ? » demanda Dorian.

Je haussai les épaules. « J'en sais rien. Peut-être. J'étais malheureuse sur Terre. J'en ai trop vu et trop bavé au sein de la Flotte pour reprendre une vie normale.

– Où veux-tu en venir ? » demanda Seth.

Je soupirai. « Je veux continuer à travailler et avoir un bébé. Maintenant. Je resterai à bord et m'en tiendrai au poste de commandement quand je serai enceinte, mais je repartirai en mission dès que possible. A condition que vous vous occupiez du bébé, de tous nos enfants. Dorian est ton second, Seth, j'ai moi aussi besoin de savoir que vous serez là pour eux si jamais il m'arrivait quoique ce soit. »

Je ressentais de la peur, de la douleur, de la frustration et de l'amour tourbillonner dans mon collier.

« Ça va à l'encontre des règles établies, » répondit Dorian en secouant lentement la tête. Sa surprise était palpable. « Trois combattants de la Coalition. »

Seth se leva, vint derrière moi et passa une mèche de

cheveux derrière mon oreille. Je croisai son regard. « Tu as sauvé mon univers, tu peux compter sur notre présence à Dorian et moi en tant que pères et combattants de la Coalition pour nos futurs enfants. »

Dorian se plaça à côté de moi. J'étais presque encerclée, ça faisait du bien. « Question d'honneur prillon, femme. J'en fais également le serment. »

Seth respirait bruyamment. « Je ne suis pas très chaud pour que tu repartes en mission de sitôt. J'ai besoin de temps pour m'y habituer et me tranquilliser. Voilà ce qu'on va faire.

– Oh oh. M. Dominateur est de retour, » lançai-je sur le ton de la plaisanterie.

Il sourit mais sa voix grave me fit mouiller, mes tétons durcirent. « On va baiser deux jours durant, mon cœur. Tous les radars vont disjoncter quand tu seras de retour sur le pont de commandement. »

J'éclatais de rire. « Prétentieux va !

– En parlant de bites, » répondit-il. Je le regardai d'un air faussement courroucé.

« Tu voulais un bébé, tu vas en avoir un. Mais d'abord, » Dorian leva la main vers mon collier. « Je veux le voir virer au doré. J'ai besoin de te posséder, que notre union soit officielle et indéfectible. J'ai besoin de toi, Chloé. » Il prit mon menton entre ses mains et tourna ma tête afin que je le regarde. « Seth est ton mari légitime, les colliers, l'accouplement, font partie d'un rite. » Dorian jeta un bref coup d'œil à Seth qui acquiesça, il poursuivit. « Acceptes-tu Seth pour époux, femme ? Te donnes-tu à moi et à lui en tant que second librement et sans contraintes ou souhaites-tu choisir un autre époux légitime ? »

Ils me regardaient d'un air très légèrement inquiet. Je pouvais à cet instant précis détruire notre union. Couper net. Rejeter ce mariage. Refuser Seth et en choisir un autre. Ce n'est pas ce que je voulais, j'en fis immédiatement état. La connexion avait été instantanée. Je souhaitais qu'elle soit encore plus puissante, qu'elle perdure.

« Seth, si nous étions sur Terre, je te répondrais 'oui je le veux' et tu m'offrirais une splendide alliance. Mais nous ne sommes pas sur Terre et je risquerais de faire mal à quelqu'un avec ma grosse bague au doigt. Et puis c'est pas mon style. Je suis là, ici avec vous et je suis fière de vous prendre pour époux. Cette histoire d'époux légitime et secondaire on s'en fiche. Vous êtes à moi tous les deux, point barre. »

Dorian posa sa main sur ma hanche. « Je te prends pour épouse selon les lois en vigueur. Tu m'appartiens et je tuerai tout guerrier qui osera lever la main sur toi.

– Je suis d'accord, ajouta Seth. Je suis un amant très possessif, personne ne te fera jamais de mal ni ne te touchera. Ni n'osera te convoiter. »

Je ne pus m'empêcher de sourire, je savais que cet instant était ce qui se rapprochait le plus d'un mariage. Je me tins devant eux dans mon uniforme noir, sans armure. C'était superflu puisque je ne partais pas en mission.

« Alors, comment ça marche, ce… fameux accouplement ? »

Mes hommes me regardaient d'un air sauvage et torride.

« On va te baiser ensemble, dit Dorian. En tant qu'époux légitime, Seth choisira par quel orifice il souhaite te pénétrer. »

Seth posa ses mains sur le col de ma chemise et l'écarta doucement. « Elle vient de dire qu'elle se fiche qu'il y ait un époux légitime ou pas.

– C'est bien toi le mâle dominant, non ? demanda Dorian d'un air perplexe. Comporte-toi en tant que tel. »

Seth perdit son sourire et son calme légendaire. Il recula, me laissant avec ma chemise dégrafée.

« Dorian a raison, » répondit Seth d'une voix claire. Il indiqua la porte, « Passée cette porte, c'est moi qui commande. Déshabille-toi. Montre-nous à qui tu appartiens. »

Oh oui, cette facette de Seth m'excitait et me bouleversait. Je léchai mes lèvres sèches tandis que Dorian reculait et s'appuyait contre la table. Il croisa ses bras sur sa poitrine et me regarda attentivement. C'était peut-être Seth qui commandait mais c'est Dorian qui me surveillait en train de me soumettre à leur bon vouloir.

Je retirai ma chemise, la pris du bout des doigts et la jetai par terre. Seth m'enjoignit de continuer. Il me dévorait du regard, au fur et à mesure qu'il apercevait ma peau nue.

Ils avancèrent vers moi, une fois que je fus totalement nue. Sur ces entrefaites, je me retrouvai sur l'épaule de Seth qui me jeta sur le lit sans ménagement. Je rebondis et me retrouvai à genoux.

« Ah, pile comme on voulait. » Seth commença à baisser son pantalon, Dorian le suivit de près.

Seules leurs bites dépassaient—ils portaient encore leurs uniformes—histoire de me rappeler quelle était ma place, du moins au lit. Je faisais ce qu'on me disait sans poser de questions. Je n'avais pas besoin d'en poser pour savoir exactement où ils voulaient en venir. Je me penchai, agrippai la verge de Dorian et pris Seth dans ma bouche. Ils poussèrent tous deux des gémissements tandis que je les branlais, Dorian se tendit alors que j'effectuais des mouvements de va-et-vient, recueillant son sperme du bout du doigt, j'enroulais ma langue autour de son gland dilaté.

« C'est bien, Chloé. Prépare-toi, on va te baiser. »

Je ne m'arrêtai pas pour autant. Ils bandaient comme des taureaux dans ma main et ma bouche. Je me demandais comment il était possible qu'ils soient encore plus prêts que ça.

Je changeai de position au bout d'une minute, je pris la verge de Dorian plus profondément en bouche tandis que je masturbais celle de Seth. Ma salive faisait office de lubrifiant. C'était complètement différent sur la langue, ils avaient un goût distinct, j'adorais. Je savais déjà qu'ils avaient tous les deux une façon de baiser tout à fait différente.

« Arrête, grommela Dorian en tirant doucement sur mes cheveux pour me dégager. Tourne-toi et mets-toi à quatre pattes. »

Je me léchai les lèvres, les regardai les yeux mi-clos. Ils avaient les joues rouges, leurs muscles été contractés. Ils avaient un regard torride, de prédateurs, empli de désir. J'étais leur proie. Je me tournai doucement et m'installai dans la position souhaitée. Je compris, en n'entendant plus le moindre souffle ni aucun bruit, qu'ils mataient mon cul. Les genoux bien écartés comme ils me l'avaient demandé, ma chatte et mon cul désormais bien en vue.

« Tu t'es entraînée avec les plugs anaux, on a préparé ton cul pour qu'il accueille nos bites mais les godes sont moins gros que nos bites. La partie promet d'être serrée. »

Dorian énonçait en fait ce à quoi je m'étais déjà préparée mentalement.

Mon vagin se contracta à l'idée. Le premier jour de mon arrivée, on avait baisé, ils m'avaient dilaté la chatte avec leurs grosses bites. Je savais d'emblée que la sodomie promettait d'être compliquée. Et ce n'était pas tout, j'allais avoir une deuxième bite enfoncée dans la chatte.

« Je suis prête, » soufflai-je en ondulant des hanches.

Je sentis un doigt se glisser entre les replis humides de ma vulve. « Oui, tu es prête, ajouta Seth. Ta chatte dégouline, on va préparer ton petit orifice vierge, on ne voudrait surtout pas te faire mal. »

Je sentis le lubrifiant couler le long de mon orifice étroit. Des doigts en faisaient le tour et le besognaient. Plus je me concentrais, plus mon corps s'ouvrait, se dilatait pour accueillir le gel froid. Pendant que l'un de mes époux préparait mon anus, l'autre se pencha et prit mes seins en coupe, il jouait avec, les tirait, pinçait mes tétons.

Je commençais à m'agiter, j'ondulais des hanches pour accueillir plus profondément son doigt dans mon cul. J'étais prête pour la suite.

Inutile de parler, une bite se posta devant mon vagin et s'enfonça profondément comme si elle savait exactement où aller. Tout au fond de moi.

Je rejetai ma tête en arrière et poussai un gémissement. C'était la bite de Seth. Sa façon de baiser était plus exigeante, plus sauvage. Il enfonçait son doigt plus profondément, j'étais pénétrée par tous les orifices.

« Tu es presque prête ma chérie. »

Il n'avait pas l'intention de rester fourré dans ma chatte, je savais que c'est lui qui me sodomiserait en vue de l'accouplement. Ce n'était que des préliminaires, il m'excitait, il faisait en sorte que j'atteigne l'orgasme avant de se frayer un passage.

J'avais raison. Au bout d'une minute, Seth se retira complètement et Dorian arrêta de peloter mes seins. Dorian fit passer sa chemise par-dessus sa tête, retira son pantalon qui glissa le long de ses hanches et grimpa sur le lit, genoux repliés, pieds au sol.

« Viens par ici femme. » Il avait tourné la tête et me contemplait de ses yeux clairs. Il était prêt. Sa bite longue et épaisse pointait vers le plafond. Je l'imaginais tout au fond de moi. Les brefs préliminaires procurés par la verge de Seth m'excitaient plus que jamais. Je grimpai sur lui à califourchon et enjambai ses hanches étroites. Je me levai, sa verge sous moi, pile au bon endroit. Je regardais Seth, c'était lui qui commandait.

« C'est bien. Empale-toi profondément, baise-le, chevauche-le jusqu'à ce que tu sois à deux doigts de jouir. Et arrête-toi. »

Je poussai un gémissement en entendant la fin de sa phrase, sachant qu'il était tout à fait impossible d'arrêter le plaisir qui déferlerait une fois qu'on serait lancés.

« Tu t'arrêteras avant de jouir ma chérie, sinon on te me donnera la fessée avant de te pénétrer. »

Je poussai un gémissement, ce n'était pas une si mauvaise idée après tout.

Dorian grommela. « Merde alors, l'idée lui plaît. »

Seth sourit. « Effectivement. On essaiera la prochaine fois. Ne t'inquiète pas, on te fessera autant que tu voudras mais plus tard. Pour le moment, on doit s'accoupler. »

Dorian s'empara de mes hanches et m'attira contre lui

jusqu'à ce que je m'empale profondément et me rasseye sur ses cuisses.

Je poussai un cri lorsqu'il me pénétra, soulagée de sentir à nouveau un sexe profondément enfoncé en moi. Dorian poussa un gémissement, ses doigts se contractèrent. Il me soulevait et m'abaissait, me baisant à sa guise. Il était prêt à me sauter, la sueur perlait sur son front, ses mâchoires étaient contractées. Ses narines frémissaient à la moindre inspiration.

Je vis du coin de l'œil Seth se déshabiller et enduire son sexe de lubrifiant mais je ne m'occupais pas de lui ; l'énorme bite de Dorian accaparait toute mon attention.

Je sentis la main de Seth sur mon épaule, Dorian s'immobilisa, sa bite s'enfouit profondément. Il m'attira contre lui, nos corps se touchaient, ma poitrine se pressait fermement contre sa poitrine.

Seth m'avait bien préparée, j'étais toute glissante, mon petit muscle étroit était prêt à accueillir l'objet en question. Mais je n'avais jamais senti une bite du calibre de Seth.

Je gémis contre la bouche de Dorian et continuai de l'embrasser tandis qu'il se pressait contre moi, me cajolait afin que je me dilate. Ça ne prit pas longtemps, je savais ce qu'il voulait. Mon esprit et mon corps finirent par céder, je m'abandonnai à Seth, il n'avait pas l'intention de s'arrêter. Oh, j'aurais très bien pu refuser, il aurait laissé mon cul tranquille. Mais je voulais sentir sa domination. La soumission ultime.

Je me sentais à la fois en sécurité et complètement vulnérable entre eux. J'étais à leur merci, je les acceptais d'une manière complètement taboue sur ma planète. Mais ici, en compagnie de mes époux, c'était parfait. C'était exactement ce que nous devions nous prouver tous les trois, qu'on était en sécurité, tous ensemble. Que nous formions un seul et même être indivisible. Mon corps était peut-être relié à eux physiquement, les colliers nous reliaient mentalement.

La queue se Seth s'introduisit dans mon cul, y resta le temps nécessaire pour que je m'adapte avant qu'il commence à se frayer un passage plus avant, j'étais à eux et à eux seuls. Complètement. Totalement.

Seth commença à onduler une fois enfoncé jusqu'à la garde. Nos souffles courts résonnaient dans la chambre, le glissement de leurs bites était tout ce qui importait.

Je ne pouvais rien faire. Je ne pouvais ni bouger, ni penser. Je les sentais me pilonner, c'était à la limite de la douleur. Ils me demandaient ce que je voulais, et plus encore. Plus que je n'aurais jamais pu imaginer.

Je jouis sans pouvoir me retenir, le plaisir était trop grand. Je ressentais leur propre plaisir grâce aux colliers. Je savais combien ils appréciaient être en moi, j'étais étroite, ce lien qui nous unissait était vraiment incroyable.

Le plaisir montait crescendo, il atteignait des sommets, tout explosa comme dans un gigantesque feu d'artifice. Je hurlai, incapable de me retenir. J'étais au septième siècle tandis qu'ils me pilonnaient avec leurs grosses bites, ils finirent par jouir à leur tour. Je sentis leur sperme gicler en moi tandis que mon collier chauffait.

Je savais, sans même le voir, que le collier était devenu doré. Le mariage était officiel. J'avais leur bite, leur sperme, leur cœur. Ils étaient à moi.

Profondément enfoncés en moi, ils savaient que je leur appartenais corps et âme.

J'étais peut-être un commandant, mais lorsque j'étais

entre mes époux, j'étais simplement Chloé Phan. Non, Dame Mills. Ils s'étaient battus pour moi. Pas uniquement pour la Ruche et pour le Commandant Karter, pour moi aussi.

Mais là, je me soumettais. Je n'étais plus un combattant. J'étais leur épouse.

ÉPILOGUE

*S*eth, *deux ans et sept mois plus tard*

LA JOURNÉE AVAIT ÉTÉ longue et épuisante. Un message de départ en mission m'avait réveillé en sursaut, je détestais ça. Surtout quand j'avais Chloé collée contre moi, nous étions emboîtés l'un dans l'autre. J'avais passé mon bras autour d'elle et je tenais son sein dans ma main. On dormait toujours dans cette position à moins que Dorian ne l'attire contre lui en premier. Il était allongé sur le dos, Chloé était pratiquement collée contre lui. Elle arrivait à dormir de toute façon ; elle avait l'habitude que ses partenaires la collent constamment.

Il m'arrivait souvent de glisser ma bite dans sa chatte par derrière, je la sautais doucement jusqu'à ce qu'elle se réveille en plein orgasme, et que j'éjacule en elle. Elle se contentait alors de s'asseoir sur les hanches de Dorian et le chevaucher.

Nous étions devenus incroyablement proches depuis la Bataille de la Bête, il y a un an et demi de ça, mission durant laquelle on avait bien failli perdre Chloé. Je croyais être amoureux d'elle mais le fait qu'elle nous ait sauvés, qu'elle ait risqué sa vie pour nous protéger, nous et tout un bataillon avec ainsi que la bête blessée, m'émouvais profondément.

Je l'aimais tant que ça en devenait presque douloureux, une douleur bienvenue, que je protégeais et chérissais comme un trésor fragile et délicat. C'est ce que représentait Chloé à mes yeux, malgré sa force. Elle était toute ma vie, mon âme, fragile, belle, parfaite. L'intensité de notre union était probablement due à l'accouplement qui avait eu lieu quelques jours à peine après la bataille, lorsque Dorian et moi l'avions possédée ensemble pour la première fois. Notre union était consommée, le mariage était officiel. Le jour où elle était devenue notre femme légitime, le jour où nos colliers se teintèrent durablement d'une couleur dorée.

Peu importait la raison, rien à foutre. Chloé était notre femme et nous n'avions de cesse de l'exhiber à la vue de tous. J'ôtai mon uniforme qui tomba à mes pieds et sautai sous la douche pour me débarrasser de la crasse de cette mission de folie. Je posai ma main sur le mur blanc et soupirai en songeant à la façon dont on venait de baiser Chloé. Dorian et elle avaient entendu le message, me laissant quinze minutes à peine pour rejoindre mon groupe en vue du débriefing.

« Je dois te baiser avant de partir, femme, » avais-je lancé d'une voix rauque et ensommeillée, ma bite était dure comme de la trique. Je ne pouvais pas rejoindre mon escouade en bandant comme un taureau.

Elle leva sa tête posée sur le bras de Dorian ; il faisait office d'oreiller. Elle me sourit dans son sommeil. Dorian poussa un gémissement, l'avait installée sur lui et l'avait pénétrée. Je m'étais emparé du lubrifiant, en avais appliqué généreusement sur ma verge. J'avais pris le temps de préparer ma femme avec mes doigts pendant que Dorian préparait le terrain. Je pus la sodomiser une fois qu'elle fut bien haletante et en train de s'agiter sur la bite de Dorian, que son anus se contractait et enserrait mes doigts pour les entraîner à chaque fois un peu plus profondément dans son orifice et franchir son muscle tout étroit. Ce n'était pas facile, même après tous ces préliminaires, mais elle nous accueillit tous deux à merveille. On utilisait toujours le gode pour les préliminaires mais ce matin, elle aurait droit à ma bite, j'avais besoin de me sentir proche de ma femme, de sentir ce lien grâce aux colliers avant de partir en mission.

J'avais encore envie d'elle mais je devais la déposer à son poste de commandes et comme d'habitude, je pouvais pas marcher avec une érection pareille. J'empoignai la base de mon sexe et me branlai jusqu'à ce que j'éjacule. Tout ce bon sperme perdu était un beau gâchis, qui aurait été plus à sa place bien au chaud dans le vagin de Chloé, mais la poussée d'adrénaline provoquée par l'imminence du combat me forçait littéralement la main.

J'enfilai rapidement un uniforme propre et arrivai en trombe sur le pont de commandement. J'avais trop hâte de retrouver ma femme. La porte coulissa, elle était là, au poste qui lui était attribué, les écouteurs spéciaux du service des Renseignements vissés sur la tête. Dire que ça lui donnait un air à la fois impérieux et sexy était un euphémisme. Ici c'est elle qui commandait, elle était torride en diable. Aussi bandante que lorsqu'elle se foutait à poil à l'appart après une journée de boulot, qu'elle se mettait à genoux en guise de soumission et nous suppliait de la baiser.

Elle sentit ma présence et pivota dans son fauteuil en souriant. « Bonjour ma chérie, dis-je à voix basse, plus pour moi que pour elle en vérité.

– Tu es enfin là, dit-elle, devant l'évidence.

– Je viens tout juste d'arriver.

– Je sais que t'es pas emballé à l'idée que je parte en mission mais franchement c'est ridicule. J'arrive même pas à me lever. »

Elle sourit et caressa son énorme ventre rond, on aurait dit qu'elle avait planqué une pastèque sous la nouvelle chemise noire de son uniforme. Elle était rayonnante, un vrai soleil. Elle s'était fait une simple queue de cheval et était sublime, si sexy que je bandais de nouveau. Elle était super bandante, même enceinte.

Je m'approchai d'elle, pris ses mains et l'aidai à se lever.

« Comment va notre p'tit mec ? » demandai-je en posant ma main sur son ventre. Elle la déplaça, je sentis un boum, probablement un coup de pied ou un coude.

« Une vraie gymnaste, elle va faire un saut périlleux dès la naissance. »

Depuis le début, le débat faisait rage quant à savoir si c'était une fille ou un garçon. Aucun de nous ne voulait connaître le sexe. C'était peut-être dû à notre éducation terrienne, il était plutôt facile de ne pas savoir. Mais Dorian était excité comme un pou, il voulait à tout prix savoir si c'était une fille ou un garçon. Il était certain que ce serait une fille aux yeux couleur de miel. Je subodorais qu'il avait raison.

« On serait bien emmerdés si ce joli ballon de basket est une fille. »

Chloé ôta ses écouteurs spéciaux, les posa doucement et regarda en direction du bureau du commandant.

Je saluai Karter d'un bref signe de tête.

« Commandant, j'ai ramené ça pour vous à bord du Karter. » Elle tenait un insigne dans sa main tendue. Chloé le tendit à Karter et s'assura qu'il l'ait bien récupéré. Ils étaient bizarres comme pas deux avec ce truc. Ce truc —non, Chloé—avait sauvé de nombreuses vies grâce à ce machin, il ne fallait surtout pas l'endommager. Karter était responsable des écouteurs et j'étais responsable de celle qui les portait.

« Allons retrouver Dorian et nous reposer un peu.

– Mon dieu oui. Je meurs de faim. »

J'entendais son mécontentement mais ne le sentais pas via les colliers. Elle était aussi excitée que nous pour le bébé.

Je me dirigeai vers la cafétéria, sachant que je tomberais forcément sur Dorian en train de casser la croûte. On le repéra facilement dès l'entrée. Impossible de passer à côté de cet immense guerrier prillon assis à côté d'une chaise haute sur laquelle était installée une petite fille d'un an qui tapait sa cuillère sur son plateau.

Les guerriers nous souriaient, ils étaient heureux pour nous. Ce n'était pas le seul bébé à bord du vaisseau, mais la seule à avoir deux capitaines et un commandant pour parents.

Dorian se leva, vint à la rencontre de Chloé et l'embrassa tandis que je m'asseyais à sa place à côté de Dara. C'était un vrai rayon de soleil, Dorian et moi étions littéralement tombés sous le charme dès sa naissance.

Avoir une femme c'était quelque chose, mais un bébé ? Nous étions comme envoûtés. Obsédés ? Amoureux ? Définitivement. Nous étions persuadés d'être possessifs et protecteurs envers sa mère mais ce n'était rien comparé à Dara. Nous faisions des pieds et des mains pour garantir sa sécurité et son bonheur, presque à l'extrême, tant est si bien que les autres guerriers se moquaient de nous.

J'en avais strictement rien à foutre.

Ma vie ne s'était jamais déroulée selon un plan bien établi mais j'étais le plus heureux du monde. J'avais absolument tout ce qui suffisait à mon bonheur, moi qui avais pourtant si longtemps refusé de l'admettre. Nous allions accueillir très prochainement notre deuxième enfant. Dorian avait probablement raison. Le petit acrobate qui faisait des culbutes dans son ventre était certainement une fille, on était dans la merde jusqu'au cou. Les filles nous tenaient par les couilles, mais c'était très bien comme ça.

Laisser partir nos filles en mission ne serait pas de la tarte. On en avait longuement discuté avec Dorian. Prendre notre retraite, abandonner la vie trépidante de la Coalition et vivre une existence paisible sur Prillon Prime. On ne pouvait pas avoir de vie de famille digne de ce nom à bord d'un cuirassé.

Chloé était heureuse dans son travail mais avait allègrement ignoré les recommandations du médecin en matière de contraception avant de concevoir notre deuxième enfant. Non, elle était à nouveau tombée enceinte quelques mois à peine après avoir accouché. Nous étions des mecs bien montés, on avait largement inondé son vagin de sperme pour qu'elle tombe enceinte d'une bonne douzaine de gosses mais un seul enfant nous suffisait. Il grandissait en elle et ne tarderait pas à pointer le bout de son nez.

Dorian aida Chloé à s'installer dans un fauteuil, Dara applaudit et envoya des baisers à sa mère.

« Ta journée s'est bien passée ? » demanda Dorian. Il avait mis un terme à sa carrière une semaine après la naissance de Dara. Il avait remis sa démission à son supérieur. C'était un père au foyer. Cet immense Prillon, pilote patenté et valeureux guerrier mesurant deux mètres dix se vouait corps et âme à l'éducation de notre bébé. Une fois son repas terminé, il l'emmenait partout. J'étais retourné dans la patrouille de Reconnaissance 3 et Chloé avait repris son poste de Commandant à l'issue de son congé maternité. Écouter la Ruche, aider le Bataillon Karter à reprendre trois planètes dans ce secteur, avec un taux de réussite jamais vu dans le secteur depuis des années.

Notre petit arrangement se passait bien mais je voulais à mon tour faire comme Dorian. Je voulais être présent pour ce bébé. Je ne voulais plus combattre. Il était temps de céder la place à des jeunes combattants pugnaces.

« On a quelque chose à te demander, femme, dit Dorian en faisant signe au serveur d'apporter son dîner à Chloé.

– Oh ? répondit-elle tout en s'amusant à faire coucou à Dara.

– Ça te dirait de passer quelques temps sur Prillon Prime ?

– Ce serait sympa pour Dara et l'acrobate, elle pourrait aller voir ses grands-parents. »

La famille de Dorian vivait là-bas, ils n'avaient vu Dara qu'une seule fois l'espace de quelques jours. Ma famille, ma seule famille était ma sœur Sarah, elle vivait sur la planète Atlan avec son énorme brute de mari, une bête répondant au nom de Dax. Mes frères étaient morts tués par la Ruche. Quant à mes parents ? Ils étaient morts depuis longtemps. Cette famille, ma famille, était tout ce qui me restait dans l'univers et comptait plus que tout.

Je regardai Dorian et Chloé. « Si tu es d'accord, on pensait aller vivre là-bas. »

Un officier m'apporta une assiette de pot-au-feu et de la purée pour Chloé et moi, une spécialité terrienne que tout le monde adorait.

« Sur Prillon Prime ? demanda-t-elle en plantant sa fourchette dans sa viande.

– Oui. » Je sentais une pointe d'hésitation dans la voix de Dorian. On ne voulait surtout pas contrarier Chloé à ce stade de sa grossesse.

« J'ai bien cru que vous ne me poseriez jamais la question. »

Dorian et moi la regardâmes comme si elle avait deux têtes, et non un bébé dans le ventre. Dara battit des mains de joie, impossible de savoir pour quel motif, probablement le bonheur d'être ensemble. Elle était parfaite, tout comme sa mère, brune aux yeux verts.

« Tu comptais déménager ?

– Un cuirassé c'est pas un endroit pour élever des gosses. »

Je regardai Dorian et haussai les épaules.

« C'est aussi notre avis mais on savait pas si tu—

– Quoi ? Si j'avais envie de démissionner ?

– Oui, répondis-je, du bout des lèvres. Je me sens prêt. J'en ai marre de me battre. J'ai fait mon temps. On peut pas retourner sur Terre et de toute façon j'en ai pas envie.

Dorian peut nous trouver une maison près de sa famille sur Prillon. On débuterait une nouvelle vie.

— D'accord. » Chloé avait lâché ça sans sourciller. « J'ai déjà abordé la question du déménagement avec le Commandant Karter. Il a contacté les Renseignements, je peux être mutée sur une base de Prillon Prime dès qu'on sera prêts. » Elle battit des cils. « Je vous attendais. J'attendais ça depuis des mois.

— T'en as parlé à Karter ? » demanda Dorian. Notre femme me décocha ce fameux sourire énigmatique et si féminin qui me rendait fou, je bandais comme un taureau.

« J'arrête pas de penser au danger encouru par notre famille, par Dara. Quand Seth part en mission. Ce sera encore pire quand il sera né. » Elle caressa son ventre. « Le Commandant Karter m'a assuré que vous seriez très probablement affectés dans un camp d'entraînement des guerriers dans la capitale, lieu du quartier général des opérations militaires. Y'a une autre humaine là-bas je crois, la reine non ? Jessica ? Ils ont un enfant. Dara et le bébé pourraient devenir copains. »

Dorian était aussi choqué que moi. Notre femme avait déjà organisé notre vie dans ses moindres détails, elle attendait simplement qu'on décide d'arrêter de combattre. Si elle m'avait demandé de démissionner il a six mois encore, je l'aurais rembarrée et aurais continué à faire la guerre et mon devoir, à savoir protéger la Terre et les autres planètes.

Mais j'avais beaucoup donné, sacrifié des années de ma vie et mes deux frères pour me battre contre la Ruche. J'étais fatigué, non pas physiquement, mais moralement. Partir était à chaque fois un peu plus compliqué quand je voyais la frimousse joyeuse de Dara et ses yeux innocents.

Pour affronter le néant, la mort, tuer. J'en avais marre de tuer.

Ma seule mission était de m'occuper d'elle, de Dara, du bébé qui grandissait dans le ventre de Chloé. Dorian était persuadé que le deuxième enfant serait blond avec des yeux couleur de miel, comme lui. J'avais hâte de voir à quoi ressemblerait le dernier-né de notre famille. Une nouvelle petite vie innocente à protéger et à aimer.

Chloé sourit et porta à sa bouche une bouchée de purée. « La Flotte peut envoyer ses communications sur Prillon Prime afin que je les écoute et les décrypte. Ils améliorent le programme, ils recrutent de nouveaux décrypteurs, j'aurais pas à travailler des heures durant. Le Prime Nial a épousé une humaine, le Commandant Karter lui a fait part de ma situation. » Elle caressa son ventre et sourit à Dara. « Il s'est montré compréhensif. Je travaillerai à mi-temps, je m'arrangerai comme je veux au niveau des horaires. Le succès obtenu dans ce secteur est bien la preuve dont le Docteur Helion avait besoin pour obtenir l'accord du Prime quant à l'envoi massif de guerriers dévolus au programme.

– Oh, hum, ça roule alors, » dis-je, ne sachant que répondre d'autre. Je piquai un morceau de viande, mâchai et avalai. Bordel. Pourquoi avais-je l'impression d'avoir reçu un coup de marteau sur le crâne ? J'étais prêt à me battre, à la câliner, à la convaincre de quitter ce vaisseau. La supplier. La séduire. Peu importe. Et ça faisait des mois qu'elle se tenait prête à partir.

Probablement depuis la naissance de Dara.

« Facile, dit Dorian en riant. Notre brillante épouse a de la suite dans les idées, Seth.

– Alors comme ça, Chloé a ses petits secrets ? Je crois que tu mérites une bonne fessée. »

Ma femme sexy et rebelle éclata de rire, Dara gloussa, imitant sa mère riant de bonheur. « Vous avez encore rien vu les mecs. Attendez un peu d'être environnés de femmes brillantes et fougueuses car j'ai bien l'intention d'avoir six ou huit filles histoire de vous rendre dingues. »

Dorian se baissa et déposa un baiser sur son gros ventre, qui abritait, à mon avis, une autre jolie petite fille. « Ta prédiction risque de s'avérer exacte, impossible de te lâcher d'une semelle. »

Ma bite s'agita sous la table. Une maison remplie d'enfants, garçons ou filles, peu importe. Ils seront aimés, protégés. Notre femme souriante, joyeuse et contente vivra loin de ce cuirassé, loin de la Ruche et du danger qui nous entoure depuis que nous sommes mariés.

« Des promesses, encore des promesses, toujours des promesses. Et si je te dis que je veux des tonnes d'enfants ? Une bonne douzaine au bas mot ? »

Dorian releva la tête, il était tout à fait d'accord, Chloé enfouit ses doigts dans ses cheveux, le caressa, la cajola, là, à table.

L'amour provenant de nos trois colliers était si intense que j'en eus les larmes aux yeux, j'avais la gorge sèche, une douce douleur, l'amour, s'empara de mon cœur. Elle se pencha devant Dorian et me parla. « Si on mange rapidement, vous croyez pouvoir me sauter comme ce matin ? »

J'avalai péniblement, j'avais envie de la prendre là, sur la table—doucement—de la baiser. « Ma chérie, tu tentes le diable. »

Elle eut la décence de baisser les yeux et de rougir, en

femme soumise mais elle releva bien vite la tête et me regarda de ses yeux verts perçants. « Capitaine, je suis enceinte de plus de huit mois. Si j'ai envie de me faire sauter par mes mecs, vous allez devoir obtempérer. On ne contrarie jamais une femme enceinte. »

Le Commandant Karter entra et s'amusa à faire des chatouilles sur les joues toutes rondes de Dara. Son rire perçant attira une bonne douzaine de regards, en majorité des bêtes Atlan qui tournaient autour de ma femme à chaque fois qu'elle se baladait dans le vaisseau. Ils savaient tous ce qu'elle avait fait pour le Seigneur de guerre Anghar, les bêtes du vaisseau lui avaient toutes juré fidélité et protection.

Il en était de même pour notre fille. Ça me convenait parfaitement.

Le commandant laissa la petite Dara lui tirer les cheveux, il avait le sourire jusqu'aux oreilles, fait rarissime. Il s'adressa à nous tout en ôtant doucement les doigts du bébé fourrés dans ses cheveux. « Capitaines, vous devriez écouter le Commandant Phan et obéir à ses ordres. Oncle Karter veillera sur Dara pendant que vous mènerez à bien cette mission importante. »

Karter était devenu l'oncle de Dara, il s'en occupait et jouait avec elle dès qu'il la voyait. Personne n'osa piper le moindre mot.

Le regard que nous lança notre femme en disait long sur ses appétits. Elle avait envie de se faire pilonner sauvagement et nous étions les seuls à pouvoir la combler.

Je me levai avec Dorian. « A vos ordres, madame, » nous répondîmes avec sérieux.

Je pris sa main, l'aidai à se lever, embrassai Dara sur la tête—qui ne s'intéressait pas du tout à ses parents, trop occupée avec Oncle Karter qui lui faisait des grimaces — nous sortîmes de la cafétéria et la conduisîmes jusqu'à nos appartements.

« C'est toi qui commandes, on est à tes ordres », dit Dorian.

– Exact. Nous sommes tout à toi, » confirmai-je. C'était la stricte vérité. Elle nous possédait corps et âme. Les colliers nous reliaient, nous ne pouvions cacher le désir que nous éprouvions, notre dévouement était allé en s'accentuant au fur et à mesure.

La porte de notre appartement coulissa. Elle pivota sur ses talons, son ventre me heurta, Dorian se mit à rire à côté de moi. On adorait quand Chloé était dans cet état d'esprit, sauvage, sexy.

Exigeante.

Sa reddition n'en était que plus douce.

Elle agrippa nos chemises et nous attira vers elle. « C'est tout à fait ça, vous êtes à moi, j'ai envie de vous deux, là, maintenant, tout de suite. »

La porte se referma derrière nous, nous allions procurer à notre femme exactement ce dont elle avait besoin. Jusqu'au bout de la nuit.

Lisez Ses Partenaires de Rogue ensuite!

Pas de règles. Pas de lois. Pas de pitié. Elle est à leur merci.

Harper, membre d'une équipe de secouristes originaire de Terre, détachée sur la Station de Transport Zenith, fait la connaissance de deux mystérieux étrangers provenant d'un monde inconnu. Harper va succomber illico à ces deux extraterrestres sexy en diable, au regard intense et aux désirs torrides.

Styx, chef de Rogue 5, sait qu'Harper leur est destinée, à lui et Blade, son fidèle bras droit. Harper est prise pour cible lorsque Styx est trahi par l'un des siens. Ses amants vont tout faire pour remporter la victoire sur cette lune éloignée sans foi ni loi mais ils risquent de perdre une bataille primordiale : celle menant au cœur d'Harper.

Lisez Ses Partenaires de Rogue ensuite!

OUVRAGES DE GRACE GOODWIN

Programme des Épouses Interstellaires

Domptée par Ses Partenaires

Son Partenaire Particulier

Possédée par ses partenaires

Accouplée aux guerriers

Prise par ses partenaires

Accouplée à la bête

Accouplée aux Vikens

Apprivoisée par la Bête

L'Enfant Secret de son Partenaire

La Fièvre d'Accouplement

Ses partenaires Viken

Combattre pour leur partenaire

Ses Partenaires de Rogue

Programme des Épouses Interstellaires:
La Colonie

Soumise aux Cyborgs

Accouplée aux Cyborgs

Séduction Cyborg

Sa Bête Cyborg

Fièvre Cyborg

Cyborg Rebelle

ALSO BY GRACE GOODWIN

Interstellar Brides® Program

Assigned a Mate

Mated to the Warriors

Claimed by Her Mates

Taken by Her Mates

Mated to the Beast

Mastered by Her Mates

Tamed by the Beast

Mated to the Vikens

Her Mate's Secret Baby

Mating Fever

Her Viken Mates

Fighting For Their Mate

Her Rogue Mates

Claimed By The Vikens

The Commanders' Mate

Matched and Mated

Hunted

Viken Command

The Rebel and the Rogue

Interstellar Brides® Program: The Colony

Surrender to the Cyborgs

Mated to the Cyborgs

Cyborg Seduction

Her Cyborg Beast

Cyborg Fever

Rogue Cyborg

Cyborg's Secret Baby

Her Cyborg Warriors

Interstellar Brides® Program: The Virgins

The Alien's Mate

His Virgin Mate

Claiming His Virgin

His Virgin Bride

His Virgin Princess

Interstellar Brides® Program: Ascension Saga

Ascension Saga, book 1

Ascension Saga, book 2

Ascension Saga, book 3

Trinity: Ascension Saga - Volume 1

Ascension Saga, book 4

Ascension Saga, book 5

Ascension Saga, book 6

Faith: Ascension Saga - Volume 2

Ascension Saga, book 7

Ascension Saga, book 8

Ascension Saga, book 9

Destiny: Ascension Saga - Volume 3

Other Books

Their Conquered Bride

Wild Wolf Claiming: A Howl's Romance

CONTACTER GRACE GOODWIN

Vous pouvez contacter Grace Goodwin via son site internet, sa page Facebook, son compte Twitter, et son profil Goodreads via les liens suivants :

Abonnez-vous à ma liste de lecteurs VIP français ici :
bit.ly/GraceGoodwinFrance

Web :
https://gracegoodwin.com

Facebook :
https://www.visagebook.com/profile.php?id=100011365683986

Twitter :
https://twitter.com/luvgracegoodwin

Goodreads :
https://www.goodreads.com/author/show/15037285.Grace_Goodwin

Vous souhaitez rejoindre mon Équipe de Science-Fiction pas si secrète que ça ? Des extraits, des premières de couverture et un aperçu du contenu en avant-première.

Rejoignez le groupe Facebook et partagez des photos et des infos sympas (en anglais). INSCRIVEZ-VOUS ici : http://bit.ly/SciFiSquad

À PROPOS DE GRACE

Grace Goodwin est journaliste à USA Today, mais c'est aussi une auteure de science-fiction et de romance paranormale reconnue mondialement, avec plus d'un MILLION de livres vendus. Les livres de Grace sont disponibles dans le monde entier dans de nombreuses langues en ebook, en livre relié ou encore sur les applications de lecture. Ce sont deux meilleures amies, l'une qui utilise la partie gauche de son cerveau et l'autre qui utilise la partie droite, qui constituent le duo d'écriture récompensé qu'est Grace Goodwin. Toutes les deux mamans, elles adorent faire des escape games, lire énormément, et défendre vaillamment leurs boissons chaudes préférées. (Apparemment, elles se disputent tous les jours pour savoir ce qui est le meilleur : le thé ou le café?) Grace adore recevoir des commentaires de ses lecteurs.

www.ingramcontent.com/pod-product-compliance
Lightning Source LLC
LaVergne TN
LVHW011820060526
838200LV00053B/3846